Hou Yi the Archer

Hou Yi the Archer

A Story in Easy Chinese, Pinyin and English

640 Word Chinese Vocabulary

by Fang Yinping

IMAGIN8
PRESS

This is a work of fiction. Names, characters, organizations, places, events, locales, and incidents are either the products of the author's imagination or used in a fictitious manner. Any resemblance to actual persons, living or dead, or actual events is purely coincidental.

Copyright © 2025 by Imagin8 Press LLC, all rights reserved.

Published in the United States by Imagin8 Press LLC, Verona, Pennsylvania, US. For information, contact us via email at info@imagin8press.com.

Our books may be purchased directly in quantity at a reduced price, visit www.imagin8press.com for details.

Imagin8 Press, the Imagin8 logo and the sail image are all trademarks of Imagin8 Press LLC.

Written by Fang Yinping
Edited by Jeff Pepper and Xiao Hui Wang
Cover artwork by NextMars, Liuyang, China
Audiobook narration by Junyou Chen

ISBN: 978-1959043829
Version 1.1

Acknowledgements

Many thanks to the team at Next Mars for their cover artwork, Jeff Pepper and Xiao Hui Wang for editing the manuscript, Jia Mei Beh, Arnaud Ysmal and Jean Agapoff for their careful proofreading, and Junyou Chen for the audiobook narration.

Audiobook

A complete Chinese language audio version of this book is available free of charge. To access it, go to YouTube.com and search for the Imagin8 Press channel. There you will find free audiobooks for this and many other books.

You can also visit our website, www.imagin8press.com, to find a direct link to the YouTube audiobook and information about our other books.

Contents

Introduction

The legend of Hou Yi is one of the great heroic epics of Chinese mythology. It is the tale of the mortal warrior Hou Yi who shot down nine suns to save humanity, only to be drawn into a legend of betrayal, separation, and eternal loneliness due to the elixir of immortality. The tale begins with the great catastrophe, as Hou Yi embarks on a quest to find the Sun-Shooting Bow and bring down the suns.

Hou Yi's fate reveals a timeless paradox: when he brought down the suns, he was hailed as a divine savior; but in his wanderings afterward, he was simply a heartbroken man. He paid a steep price for his victories—saving the world, yet losing himself. In defeating Feng Meng, he paid with a lost soul.

The story is rich with symbolism. The Queen Mother of the West's immortal elixir represents today's thirst for power, technology, and eternal life. Chang'e's tragic ascent to the moon warns us not to let the pursuit of eternity eclipse the beauty of the present. True immortality lies not in preserving the body forever, but in love that lives within the flow of time.

When Chang'e swallowed the elixir it was not an act of cowardice, but a brave sacrifice to prevent it from falling into the wrong hands. In quiet shadows cast by moonlight, a woman forced into silence carried out a most heroic act of protection.

Over the centuries, the legend of Hou Yi has continued to evolve. From the original text to modern films, television, and video games, Hou Yi has gradually transformed from a divine archer into a complex anti-hero, resonating with contemporary reflections on power and responsibility. The central question—Can a hero who saves the world also save the ones he loves?—still echoes across time.

Today, during the Mid-Autumn Festival, families share mooncakes and gaze at the moon, feeling both the sweetness of reunion and the sorrow of separation. The tale of Hou Yi and Chang'e has shaped a cultural longing for togetherness.

More than just mythology, the story of Hou Yi endures as a spiritual flame, woven into the cultural DNA of China, and still glowing brightly in our time.

Hòu Yì Shénshèshǒu

Dì Yī Zhāng: Shí Gè Tàiyáng de Chūxiàn

Hěnjiǔ yǐqián, tiānshàng zhǐyǒu yí gè ānjìng de tàiyáng. Měitiān zǎoshang, tā zài Dōnghǎi zhōng xǐzǎo zhīhòu zǒuchū hǎimiàn, xiàng jīnsè de pánzi yíyàng mànman chūxiàn, gǎnzǒu le lěng, ràng rénmen juéde nuǎnhuo. Tàiyáng zài tiānshàng yìzhí xiàng xī zǒu dào wǎnshang, zuìhòu zǒu dào Xīshān qù shuìjiào. Dìmiàn shàng de zhíwù kěyǐ zhèngcháng shēngzhǎng, háizimen kěyǐ zài hébiān pǎobù, xiǎoniǎo zài shù shàng chànggē, yú zài hǎiyáng zhōng yóuyǒng. Yí gè tàiyáng jì bù duō yě bù shǎo, zhènghǎo shìhé rénlèi zài dìmiàn shàng shēnghuó.

Zhèyàng zhèngcháng de shēnghuó guò le méi duōjiǔ, huàishì fāshēng le.

Yì tiān zǎoshang, tiān liàng de hěn zǎo.

后羿神射手

第一章：十个太阳的出现

很久以前，天上只有一个安静的太阳。每天早上，它在<u>东海</u>中洗澡之后走出海面，像金色的盘子一样慢慢出现，赶走了冷，让人们觉得暖和。太阳在天上一直向西走到晚上，最后走到<u>西山</u>去睡觉。地面上的植物可以正常生长，孩子们可以在河边跑步，小鸟在树上唱歌，鱼在海洋中游泳。一个太阳既不多也不少，正好适合人类在地面上生活。

这样正常的生活过了没多久，坏事发生了。

一天早上，天亮得很早。

"Kuài kàn tiānshàng!" yí gè háizi zhǐzhe dōngfāng de tiān dàhǎn.

"Yī, èr, sān……shí gè! Tiānshàng yǒu shí gè tàiyáng!" Háizimen zhèyàng dàjiàozhe, dàrenmen yě dōu pǎo chūlái kàn, tāmen quándōu bèi xiàhuài le. Shí gè tàiyáng de yángguāng ràng kōngqì biàn de hěn rè, héshuǐ biànchéng báisè, zhíwù hěn kuài sǐqù, dìmiàn shàng biàn de bú zài shìhé rénlèi shēnghuó. Rénlèi hé xiǎo dòngwù zhǐnéng fàngqì dìmiàn shàng de jiā, dàjiā yìqǐ dào shāndòng zhōng duǒbì tàiyáng de yángguāng.

"Wǒmen zěnme bàn? Shì bu shì shìjiè yào wán le?" Rénmen zuò zài shāndòng lǐ, fēicháng hàipà.

"Tàiyáng tài duō le, wǒmen xūyào bāngzhù!" Lái shāndòng lǐ duǒbì yángguāng de rén hé dòngwù yuè lái yuè duō, dàjiā yìqǐ yòng gè bù xiāngtóng de yǔyán biǎodá xiāng

"快看天上！"一个孩子指着东方的天大喊。

"一、二、三……十个！天上有十个太阳！"孩子们这样大叫着，大人们也都跑出来看，他们全都被吓坏了。十个太阳的阳光让空气变得很热，河水变成白色，植物很快死去，地面上变得不再适合人类生活。人类和小动物只能放弃地面上的家，大家一起到山洞中躲避太阳的阳光。

"我们怎么办？是不是世界要完了？"人们坐在山洞里，非常害怕。

"太阳太多了，我们需要帮助！"来山洞里躲避阳光的人和动物越来越多，大家一起用各不相同的语言表达相

tóng de yìsi. Suǒyǒu xūyào bāngzhù de shēngyīn hé zài yìqǐ, lián hái zài tiāngōng zhōng shuìjiào de Yùhuáng Dàdì yě xǐng lái le. "Shì shuí xūyào bāngzhù?" Yùhuáng Dàdì zhème xiǎngzhe. Yúshì tā cóng zìjǐ de chuángshàng zuò qǐlái, cóng tiānshàng de tiāngōng xiàng dìmiàn shàng rén de shìjiè kàn qù, cái fāxiàn dìmiàn shàng fāshēng de shìqing, cái kànjiàn rénlèi shìjiè xiànzài chūxiàn le shí gè tàiyáng, shí gè tàiyáng yìqǐ chūxiàn zài tiānshàng, dìmiàn shàng de rén hé dòngwù jiāng méiyǒu bànfǎ shēnghuó.

Yùhuáng Dàdì shífēn zháojí, tā xīwàng bāngzhù dìmiàn shàng de rén hé dòngwù, dànshì Yùhuáng Dàdì xiànzài bùnéng zhèyàng zuò, yīnwèi tā bùnéng líkāi tiāngōng. Yùhuáng Dàdì shēngqì de ràng shí gè tàiyáng huí dào Dōnghǎi, kěshì shí gè tàiyáng bù tīng. Tāmen fēilái-fēiqù, xiàng háizi yíyàng wán, bùxiǎng huíjiā.

Yí gè tàiyáng shuō, "Wǒ bùxiǎng yí gè rén chūqù, wǒ xiǎng hé wǒ de péngyoumen yìqǐ fēi!"

同的意思。所有需要帮助的声音合在一起，连还在天宫中睡觉的玉皇大帝也醒来了。"是谁需要帮助？"玉皇大帝这么想着。于是他从自己的床上坐起来，从天上的天宫向地面上人的世界看去，才发现地面上发生的事情，才看见人类世界现在出现了十个太阳，十个太阳一起出现在天上，地面上的人和动物将没有办法生活。

玉皇大帝十分着急，他希望帮助地面上的人和动物，但是玉皇大帝现在不能这样做，因为他不能离开天宫。玉皇大帝生气地让十个太阳回到东海，可是十个太阳不听。他们飞来飞去，像孩子一样玩，不想回家。

一个太阳说，"我不想一个人出去，我想和我的朋友们一起飞！"

Lìng yí gè tàiyáng shuō, "Duì a, wǒmen hěnjiǔ méi yìqǐ chūqù wán le, hǎo kāixīn!"

Tàiyángmen bù tīng Yùhuáng Dàdì de huà. Tāmen juéde rénlèi hěn xiǎo, bú zhòngyào.

Yúshì Yùhuáng Dàdì yòng zìjǐ de lìliàng fāsòng le yì tiáo gěi rénlèi de xiāoxi, "Zài tàiyáng shuìjiào de Xīshān shàng, yǒu yì bǎ shén liú xià de gōng, jiàozuò 'Shèrì Shéngōng,' zuì yǒnggǎn de rénlèi jiāng huì yòng tā shè xià tàiyáng."

Zhè tiáo xiāoxi bèi sòng dào měi gè rén xīnli. Yúshì, xǔduō yǒnggǎn de rén dōu xiàng xībian zǒu qù, xiǎng yào pá shàng Xīshān, ná dào nà bǎ shéngōng, ránhòu shè xià tàiyáng ràng yíqiè dōu liángkuai xiàlái.

另一个太阳说，"对啊，我们很久没一起出去玩了，好开心！"

太阳们不听<u>玉皇大帝</u>的话。他们觉得人类很小，不重要。

于是<u>玉皇大帝</u>用自己的力量发送了一条给人类的消息，"在太阳睡觉的<u>西山</u>上，有一把神留下的弓，叫做'<u>射日神弓</u>'，最勇敢的人类将会用它射下太阳。"

这条消息被送到每个人心里。于是，许多勇敢的人都向西边走去，想要爬上<u>西山</u>，拿到那把神弓，然后射下太阳让一切都凉快下来。

Dì Èr Zhāng: Bèi Xuǎnzhòng de Gōngjiànshǒu

Hòu Yì shì rénlèi dāngzhōng zuì yōuxiù de gōngjiànshǒu, tā yǐqián zài gōngjiànshǒu de bǐsài zhōng náguo fēicháng hǎo de chéngjì. Cháng'é shì Hòu Yì de qīzi, zhǎng de hěn piàoliang, yǒu fēicháng hǎo de pífū, shì gè hěn ānjìng de nǚhái , dàjiā dōu hěn xǐhuan tā. Féng Méng shì Hòu Yì de túdì, tā yǐjīng gēnzhe Hòu Yì xuéxí shèjiàn jìshù hěn cháng shíjiān, xīwàng yǒu yì tiān néng biàn de xiàng Hòu Yì yíyàng lìhai.

Hòu Yì zhù zài yí gè bú dà de cūnzi lǐ. Tā gāogāo de, shòushòu de, bèi shàng zǒngshì bēizhe yì bǎ gōng. Tā bù xǐhuan duō shuōhuà, dàn cūnlǐ de lǎorén xiǎohái dōu hěn zūnzhòng tā.

"Tā shì zuì huì shèjiàn de rén," rénmen jīngcháng zhèyàng shuō.

第二章：被选中的弓箭手

后羿是人类当中最优秀的弓箭手，他以前在弓箭手的比赛中拿过非常好的成绩。嫦娥是后羿的妻子，长得很漂亮，有非常好的皮肤，是个很安静的女孩，大家都很喜欢她。逢蒙是后羿的徒弟，他已经跟着后羿学习射箭技术很长时间，希望有一天能变得像后羿一样厉害。

后羿住在一个不大的村子里。他高高的，瘦瘦的，背上总是背着一把弓。他不喜欢多说话，但村里的老人小孩都很尊重他。

"他是最会射箭的人，"人们经常这样说。

Yǒu yì tiān, cūnlǐ lái le yì zhī lǎohǔ, hěnduō rén dōu juéde hàipà, bù gǎn chūmén. Hòu Yì tīngshuō zhè jiàn shì, dàizhe zìjǐ zuò de mùtou gōngjiàn, yí gè rén qù shèshā lǎohǔ. Zài cháng shíjiān de zhǔnbèi zhīhòu, tā yí jiàn jiù shèchuān le lǎohǔ de shēntǐ, lǎohǔ mǎshàng jiù sǐ le. Cóng zhè jiàn shì zhīhòu, cūnmínmen dōu rènwéi Hòu Yì shì dàjiā de yīngxióng, yǒu tā zài dàjiā dōu huì hěn ānquán.

Hòu Yì yuánlái de shēnghuó hěn píngjìng, tā de qīzi Cháng'é hěn ài tā.

Měitiān zǎoshang, Cháng'é dōu huì zuò hǎo fàn, duì Hòu Yì shuō, "Chī yìdiǎn ba, nǐ jīntiān yòu yào qù liàn jiàn le."

Hòu Yì diǎndian tóu, xiàozhe shuō, "Nǐ zuò de fàn zuì hǎochī."

有一天，村里来了一只老虎，很多人都觉得害怕，不敢出门。后羿听说这件事，带着自己做的木头弓箭，一个人去射杀老虎。在长时间的准备之后，他一箭就射穿了老虎的身体，老虎马上就死了。从这件事之后，村民们都认为后羿是大家的英雄，有他在大家都会很安全。

后羿原来的生活很平静，他的妻子嫦娥很爱他。

每天早上，嫦娥都会做好饭，对后羿说，"吃一点吧，你今天又要去练箭了。"

后羿点点头，笑着说，"你做的饭最好吃。"

Tāmen zhù zài yì jiān mùtou fángzi lǐ, fángzi hòumiàn yǒu yì kē dàshù. Xiàtiān hěn rè, tāmen jiù zài shù xià hē chá liáotiān. Shēnghuó suīrán jiǎndān, dàn hěn hǎo.

Chúle qīzi, Hòu Yì de túdì Féng Méng yě fēicháng zūnzhòng zìjǐ de shīfu. Féng Méng fēicháng niánqīng, lìqi hěn dà, yǎnjing liàng. Tā jīngcháng gēnzhe Hòu Yì liànxí shèjiàn, xué dào le hěnduō Hòu Yì de shèjiàn jìshù.

"Shīfu, wǒ yě xiǎng xiàng nǐ yíyàng lìhai," Féng Méng měitiān dōu liànxí dào hěn wǎn.

"Nǐ yào mànman lái, búyào zháo jí," Hòu Yì zǒngshì zhèyàng shuō.

Féng Méng háishi hěn zháojí, tā zǒng xiǎng kuài yìdiǎn chénggōng. Tā kànjiàn cūnlǐ de rén duì Hòu Yì nàme zūnzhòng, yě xīwàng yǒu yì tiān, dàjiā néng shuō, "Féng Méng shì dàjiā de yīngxióng."

他们住在一间木头房子里，房子后面有一棵大树。夏天很热，他们就在树下喝茶聊天。生活虽然简单，但很好。

除了妻子，后羿的徒弟逢蒙也非常尊重自己的师父。逢蒙非常年轻，力气很大，眼睛亮。他经常跟着后羿练习射箭，学到了很多后羿的射箭技术。

"师父，我也想像你一样厉害，"逢蒙每天都练习到很晚。

"你要慢慢来，不要着急，"后羿总是这样说。

逢蒙还是很着急，他总想快一点成功。他看见村里的人对后羿那么尊重，也希望有一天，大家能说，"逢蒙是大家的英雄。"

Nà yì tiān, zǎoshang tiānqì jiù tèbié rè, dìmiàn shàng de rén dōu táitóu kàn tiān. Tāmen kànjiàn tiānshàng yǒu shí gè tàiyáng zài tiàowǔ.

"Bú huì ba? Zhè shì zěnme huí shì?" Féng Méng yě xià le yí tiào.

Hòu Yì kàn xiàng tiānshàng de tàiyáng, xīnqíng biàn le. Tā fàngxià shǒu lǐ de mùtou gōng, mànman shuō dào, "Zhè búshì hǎoshì."

Hòu Yì hěn kuài jiù cóng liànxí shèjiàn de shānlǐ huí dào jiā, zhǎodào le Cháng'é, bìng shuō, "Cháng'é, tiānshàng chūxiàn le shí gè tàiyáng, zhèlǐ mǎshàng jiù yào fēicháng rè, wǒmen yìqǐ qù shāndòng lǐ duǒbì yíxià ba."

Děngdào tàiyángmen wán gòu le líkāi zhīhòu, yǐjīng dào le nàtiān de wǎnshang. Hòu Yì hé Cháng'é, Féng Méng zuò zài huǒ biān, zhōuwéi yǒu hěnduō bèi rèsǐ de rén hé hěnduō

那一天，早上天气就特别热，地面上的人都抬头看天。他们看见天上有十个太阳在跳舞。

"不会吧？这是怎么回事？"逢蒙也吓了一跳。

后羿看向天上的太阳，心情变了。他放下手里的木头弓，慢慢说到，"这不是好事。"

后羿很快就从练习射箭的山里回到家，找到了嫦娥，并说，"嫦娥，天上出现了十个太阳，这里马上就要非常热，我们一起去山洞里躲避一下吧。"

等到太阳们玩够了离开之后，已经到了那天的晚上。后羿和嫦娥、逢蒙坐在火边，周围有很多被热死的人和很多

bèi rèsǐ de dòngwù. Tāmen méiyǒu chī tài duō dōngxi, dàjiā dōu hěn ānjìng.

"Wǒ yào qù Xīshān, nàlǐ yǒu yì bǎ shéngōng," Hòu Yì shuō. "Yǒu le shéngōng, wǒ yídìng kěyǐ bǎ tàiyáng shè xiàlái."

"Nǐ yào qù Xīshān? Néng ānquán huílái ma?" Cháng'é wèn.

"Wǒ yào jiù dàjiā, dàn yěxǔ huí bu lái," Hòu Yì qīngqīng de shuō.

"Wǒ hé nǐ yìqǐ qù," Cháng'é lāzhe tā de shǒu.

"Wǒ yě qù!" Féng Méng dàshēng de shuō, "Wǒ yě néng bāngmáng."

Hòu Yì kànzhe tāmen de yǎnjing, diǎndian tóu. Hòu Yì

被热死的动物。他们没有吃太多东西，大家都很安静。

"我要去西山，那里有一把神弓，"后羿说。"有了神弓，我一定可以把太阳射下来。"

"你要去西山？能安全回来吗？"嫦娥问。

"我要救大家，但也许回不来，"后羿轻轻地说。

"我和你一起去，"嫦娥拉着他的手。

"我也去！"逢蒙大声地说，"我也能帮忙。"

后羿看着他们的眼睛，点点头。后羿

de xīnli hěn qīngchu, zhè yí cì, tāmen yào zuò de shìqing jiāng huì fēicháng wēixiǎn, dàn yě bìxū yào zuò.

的心里很清楚，这一次，他们要做的事情将会非常危险，但也必须要做。

Dì Sān Zhāng: Shèrì Zhī Lù

Xīn de yì tiān, tiān hái méi liàng, Hòu Yì jiù yǐjīng xǐng le. Tā bēiqǐ le zìjǐ zuò de mùtou gōng hé mùtou jiàn, qīngqīng de zǒuchū jiāmén. Zài mùtou fángzi hòumiàn de dàshù xià, Hòu Yì kàndào dàshù de shíhou, yě kàndào Cháng'é názhe chī de děng zài nàlǐ.

"Nǐ zuówǎn méi shuì hǎo ma?" Hòu Yì wèn Cháng'é.

Cháng'é diǎndian tóu, shuō, "Wǒ shuìbuzháo, wǒ pà nǐ zìjǐ yí gè rén zǒu qù Xīshān."

Zhèshí, Féng Méng yě lái le. Tā bēizhe yí gè dàbāo, lǐmiàn shì chī de, shuǐ hé jǐ jiàn yīfu. "Shīfu, wǒmen yìqǐ chūfā ba! Dàjiā yìqǐ nǔlì, yídìng kěyǐ ānquán huílái de!" Féng Méng xiàozhe shuō.

第三章：射日之路

新的一天，天还没亮，<u>后羿</u>就已经醒了。他背起了自己做的木头弓和木头箭，轻轻地走出家门。在木头房子后面的大树下，<u>后羿</u>看到大树的时候，也看到<u>嫦娥</u>拿着吃的等在那里。

"你昨晚没睡好吗？"<u>后羿</u>问<u>嫦娥</u>。

<u>嫦娥</u>点点头，说，"我睡不着，我怕你自己一个人走去<u>西山</u>。"

这时，<u>逢蒙</u>也来了。他背着一个大包，里面是吃的、水和几件衣服。"师父，我们一起出发吧！大家一起努力，一定可以安全回来的！"<u>逢蒙</u>笑着说。

Hòu Yì kànzhe tāmen liǎng rén, xīnli yǒudiǎn gǎndòng. Tā bù xǐhuan shuōhuà, suǒyǐ zhǐshì diǎn le diǎntóu, ránhòu zhuǎnguò shēn kànzhe xībian de tiān.

Tāmen yào qù de shì lí rénlèi shìjiè zuì yuǎn de yí zuò shān, rénmen cháng jiào tā "Xīshān." Zhīqián yǒu yí gè jiào Yùhuáng Dàdì de shēngyīn shuō, nàlǐ de shāndǐng shàng yǒu yì bǎ "Shèrì Shéngōng," zhǐyǒu zuì yǒnggǎn de rén cái néng zhǎodào tā, bìng yòng tā shè xià tàiyáng.

Tāmen zǒu le sān tiān sān yè. Báitiān shí gè tàiyáng fēiguò tiān de shíhou, tāmen jiù duǒbì zài shānshàng de dòng lǐ, wǎnshang tàiyáng líkāi tiān de shíhou, tāmen zài jìxù chūfā. Lùshang tāmen jiàndào yuè lái yuè duō bèi rèsǐ de dòngwù, zhíwù yě rèsǐ le hěnduō, héliú zhōng de shuǐ biàn de yuè lái yuè shǎo. Qíngkuàng měitiān dōu zài biàn huài,

后羿看着他们两人，心里有点感动。他不喜欢说话，所以只是点了点头，然后转过身看着西边的天。

他们要去的是离人类世界最远的一座山，人们常叫它"西山"。之前有一个叫玉皇大帝的声音说，那里的山顶上有一把"射日神弓"，只有最勇敢的人才能找到它，并用它射下太阳。

他们走了三天三夜。白天十个太阳飞过天的时候，他们就躲避在山上的洞里，晚上太阳离开天的时候，他们再继续出发。路上他们见到越来越多被热死的动物，植物也热死了很多，河流中的水变得越来越少。情况每天都在变坏，

liú gěi Hòu Yì sān rén de shíjiān bù duō le.

Hòu Yì yìzhí zǒu zài zuì qiánmiàn, tā nǔlì zhǎo fāngxiàng, dàizhe Cháng'é hé Féng Méng yìzhí xiàng xīfāng zǒu qù.

Zài chūfā zhīhòu de dì sì tiān, tāmen zǒudào le yí gè xiǎo cūnzi. Cūnzi lǐ yǐjīng méiyǒu shuǐ le, hěnduō rén dōu shēngbìng le. Hòu Yì yí jìn cūn jiù kànjiàn yí gè xiǎohái tǎng zài dìshàng, tā de māma bù tíng de gěi tā cā tóu shàng de hàn, ránhòu bǎ hàn shōují dào yí gè píngzi lǐ.

"Nǐmen shì cóng wàimiàn lái de ma? Qǐng gěi wǒmen yìdiǎn shuǐ," yí gè lǎorén mànman de wèn.

Cháng'é bǎ tāmen de shuǐ dōu ná chūlái, fēn gěi cūnlǐ rén.

"Nǐmen shì lái zhǎo shuǐ de ma?" yí gè nǚrén wèn.

留给后羿三人的时间不多了。

后羿一直走在最前面，他努力找方向，带着嫦娥和逢蒙一直向西方走去。

在出发之后的第四天，他们走到了一个小村子。村子里已经没有水了，很多人都生病了。后羿一进村就看见一个小孩躺在地上，他的妈妈不停地给他擦头上的汗，然后把汗收集到一个瓶子里。

"你们是从外面来的吗？请给我们一点水，"一个老人慢慢地问。

嫦娥把他们的水都拿出来，分给村里人。

"你们是来找水的吗？"一个女人问。

Hòu Yì yáotóu, shuō, "Wǒ shì lái zhǎo yì bǎ shéngōng de, wǒ yào qù Xīshān."

Cūnlǐ de rénmen tīng le dōu zhāngdà le yǎnjing.

"Yǐjīng yǒu hěnduō rén lái zhèlǐ xiǎng yào zhǎodào shéngōng, tāmen qù pá nà zuò Xīshān, méiyǒu rén zài huózhe huílái," lǎorén shuō dào.

"Wǒ zhīdào pá Xīshān fēicháng wēixiǎn, dàn wǒ bùnéng bú qù, zǒng yào yǒu rén lái jiéshù zhè yíqiè," Hòu Yì huídá dào.

Lǎorén xiǎng le yíxià, mànman shuō dào, "Jìrán zhèyàng, nà nǐ jiù zài cūnzi lǐ xiūxi yì wǎn ba, Xīshān jiù zài cūnzi de xībian, zài zǒu yì tiān jiù dào le."

"Xièxie nǐ!" Hòu Yì shuō dào, "Nà wǒ jiù

后羿摇头，说，"我是来找一把神弓的，我要去西山。"

村里的人们听了都张大了眼睛。

"已经有很多人来这里想要找到神弓，他们去爬那座西山，没有人再活着回来，"老人说到。

"我知道爬西山非常危险，但我不能不去，总要有人来结束这一切，"后羿回答到。

老人想了一下，慢慢说到，"既然这样，那你就在村子里休息一晚吧，西山就在村子的西边，再走一天就到了。"

"谢谢你！"后羿说到。"那我就

liú xiàlái, zuò hǎo zhǔnbèi, míngtiān wǎnshang zài pá Xīshān."

Lǎorén bàozhù Hòu Yì de shēntǐ, jiǔjiǔ bú yuànyì sōngkāi. Zài tā de yǎn lǐ, zhège niánqīng rén yǐjīng chéngwéi le rénlèi de yīngxióng.

Nàtiān wǎnshang, cūnlǐ rén diǎnqǐ huǒduī, zuò le cūnzi lǐ zuìhòu yìdiǎn mǐfàn, gěi Hòu Yì tāmen chī.

"Nǐmen chī ba, wǒmen bú è," yí gè lǎo nǎinai shuō, "méiyǒu nǐmen dàilái de shuǐ, wǒmen yě huó bú xiàlái."

Hòu Yì kànzhe nà wǎn fàn, náqǐ le kuàizi, chī de hěn màn. Tā xīnli zhīdào, zhè yí cì pá Xīshān, tā bìxū chénggōng. Rénmen bǎ zuìhòu de xīwàng dōu fàng zài tā shēnshang.

留下来，做好准备，明天晚上再爬西山。"

老人抱住后羿的身体，久久不愿意松开。在他的眼里，这个年轻人已经成为了人类的英雄。

那天晚上，村里人点起火堆，做了村子里最后一点米饭，给后羿他们吃。

"你们吃吧，我们不饿，"一个老奶奶说，"没有你们带来的水，我们也活不下来。"

后羿看着那碗饭，拿起了筷子，吃得很慢。他心里知道，这一次爬西山，他必须成功。人们把最后的希望都放在他身上。

Xīn de yì tiān, tāmen yòu jìxù gǎnlù. Xiàngzhe cūnzi de xībian zǒu qù, yuè kàojìn Xīshān, tiān yuè rè, lù yě yuè lái yuè nán zǒu.

Tàiyángmen zài tiānshàng xiào, xiàng háizi yíyàng wán yóuxì. Xīshān fùjìn de tiānshàng, zài wǎnshang yěshì liàng de.

"Nǐ huì hàipà ma?" Cháng'é qīngqīng de wèn Hòu Yì.

"Huì. Dàn wǒ bùnéng tíng," Hòu Yì shuō wán, yòu jìxù wǎng qián zǒu.

Xīshān jiù zài qiánmiàn, tàiyáng zhī sǐ, yě yuè lái yuè jìn le.

新的一天，他们又继续赶路。向着村子的西边走去，越靠近<u>西山</u>，天越热，路也越来越难走。

太阳们在天上笑，像孩子一样玩游戏。<u>西山</u>附近的天上，在晚上也是亮的。

"你会害怕吗？"<u>嫦娥</u>轻轻地问<u>后羿</u>。

"会。但我不能停，"<u>后羿</u>说完，又继续往前走。

<u>西山</u>就在前面，太阳之死，也越来越近了。

Dì Sì Zhāng: Tàiyáng zhī Sǐ

Hòu Yì sān rén zài chūfā de dì wǔ tiān wǎnshang dào
le Xīshān jiǎoxià, tāmen xīnkǔ pá le yì zhěng wǎn,
zhōngyú pá shàng le Xīshān de shāndǐng.

Shāndǐng hěn gāo, fēng hěn dà. Tiānshàng de
tàiyáng yí gè jiē yí gè fēiguò, rèfēng zài shāndǐng
yìzhí chuī, xiàng huǒ yíyàng.

Shāndǐng zhōngjiān, yǒu yí kuài dà shítou, Hòu Yì zài
shítou xiàmiàn fāxiàn le yí gè shāndòng. Láibují duō
xiǎng, wèi le duǒbì shāndǐng de rèfēng, Hòu Yì
dàizhe qīzi hé túdì jiù tiào le jìnqù.

Shāndòng wài rèfēng yìzhí zài chuī, shāndòng lǐmiàn
de qíngkuàng què fēicháng ānjìng, ràng rén gǎnjué
hěn qíguài.

Hòu Yì dàizhe qīzi hé túdì kāishǐ jiǎnchá zhège

第四章：太阳之死

后羿三人在出发的第五天晚上到了西山脚下，他们辛苦爬了一整晚，终于爬上了西山的山顶。

山顶很高，风很大。天上的太阳一个接一个飞过，热风在山顶一直吹，像火一样。

山顶中间，有一块大石头，后羿在石头下面发现了一个山洞。来不及多想，为了躲避山顶的热风，后羿带着妻子和徒弟就跳了进去。

山洞外热风一直在吹，山洞里面的情况却非常安静，让人感觉很奇怪。

后羿带着妻子和徒弟开始检查这个

shāndòng, què fāxiàn lǐmiàn shénme dōu méiyǒu.

Hòu Yì gǎndào fēicháng shāngxīn, tā dàshēng de xiàng Yùhuáng Dàdì wèn dào, "Nǐ wèishénme yào piàn wǒ, Xīshān de shāndǐng shénme yě méiyǒu, méiyǒu shéngōng, wǒ yào zěnme shè xià tàiyáng jiù xià rénmen?"

Hòu Yì bùxiǎng fàngqì, tā názhe zìjǐ de mùtou gōng, réngrán yào shè xiàng tàiyáng.

"Fàngqì ba, méiyǒu yòng de, mùtou gōngjiàn shānghài bùliǎo tàiyáng," Féng Méng shuō dào.

Cháng'é yě hěn dānxīn de kànzhe Hòu Yì.

Hòu Yì hǎoxiàng tīng bu jiàn yíyàng, tā zhàn zài shān dòngkǒu, lākāi le zìjǐ de mùtou gōng, mànman duìzhe yí gè tàiyáng de zhōngxīn.

Yì gēn hēisè de jiàn fēiguò tiān.

山洞，却发现里面什么都没有。后羿感到非常伤心，他大声地向玉皇大帝问到，"你为什么要骗我，西山的山顶什么也没有，没有神弓，我要怎么射下太阳救下人们？"

后羿不想放弃，他拿着自己的木头弓，仍然要射向太阳。

"放弃吧，没有用的，木头弓箭伤害不了太阳，"逢蒙说到。

嫦娥也很担心地看着后羿。

后羿好像听不见一样，他站在山洞口，拉开了自己的木头弓，慢慢对着一个太阳的中心。

一根黑色的箭飞过天。

"À!" tiānshàng chuán lái yì shēng dàjiào.

Yí gè tàiyáng bèi shè zhòng, mànman wǎng xià diào.
Tā biànchéng le yì zhī jùdà de wūyā, shēntǐ shàng
zhǎng yǒu sān zhī jiǎo, fāchū huǒ de guāng, zhè shì
tàiyáng zhēnzhèng de yàngzi.

Sānjiǎo wūyā diào zài shānxià, tā shēntǐ shàng hái
yǒu huǒ. Guò le yíhuì, tā de shēntǐ mànman kàn bu
jiàn le, huǒ yě mànman kàn bu jiàn le, dìmiàn shàng
de wēndù yíxiàzi dī le yìxiē.

Féng Méng hé Cháng'é fēicháng chījīng. "Zhè shì
zěnme huí shì?" tāmen yìqǐ wèn dào.

Yí gè shēngyīn xiǎng qǐlái, "Yǒnggǎn de xīn jiùshì
rénlèi zuì hǎo de gōng hé jiàn, dāngrán yěshì
nénggòu shè xià tàiyáng de Shèrì Shéngōng."

"啊！"天上传来一声大叫。

一个太阳被射中，慢慢往下掉。它变成了一只巨大的乌鸦，身体上长有三只脚，发出火的光，这是太阳真正的样子。

三脚乌鸦掉在山下，它身体上还有火。过了一会，它的身体慢慢看不见了，火也慢慢看不见了，地面上的温度一下子低了一些。

逢蒙和嫦娥非常吃惊。"这是怎么回事？"他们一起问到。

一个声音响起来，"勇敢的心就是人类最好的弓和箭，当然也是能够射下太阳的射日神弓。"

Hòu Yì yòu duìzhe qítā tàiyáng de zhōngxīn, shè chūqù le lìngwài bā gēn jiàn. Tiānshàng yě xiǎngqǐ le lìngwài bā shēng dàjiào, "À!"

Tàiyáng de mǔqīn, Xīhé, tā tīngjiàn le zìjǐ háizi de jiàoshēng, cóng yún zhōng fēi le chūlái. Tā shēnshang chuānzhe hóng yī, liǎn shàng yǒu yǎnlèi.

"Qǐng liúxià zuìhòu yí gè tàiyáng." Tā zuò zài shāndǐng, duì Hòu Yì shuō, "wǒ yǐjīng zhǐ shèng zuìhòu yí gè háizi le, wǒ huì guǎnhǎo tā, érqiě rúguǒ wánquán méiyǒu tàiyáng, rénlèi yě bùnéng shēnghuó."

Hòu Yì xiǎng le yíhuìr, ránhòu mànman diǎntóu, fàngxià gōng, kànzhe tiān, zhǐ shuō le yí jù huà, "Tàiyáng, xiànzài, qǐng nǐ zhàogù hǎo zhège shìjiè."

Tiānshàng zhōngyú zhǐ shèngxià yí gè tàiyáng, tā jìngjìng de zài tiānshàng guàzhe, bú zài luàn fēi, měitiān cóng Dōnghǎi

后羿又对着其他太阳的中心，射出去了另外八根箭。天上也响起了另外八声大叫，"啊！"

太阳的母亲，羲和，她听见了自己孩子的叫声，从云中飞了出来。她身上穿着红衣，脸上有眼泪。

"请留下最后一个太阳。"她坐在山顶，对后羿说，"我已经只剩最后一个孩子了，我会管好它，而且如果完全没有太阳，人类也不能生活。"

后羿想了一会儿，然后慢慢点头，放下弓，看着天，只说了一句话，"太阳，现在，请你照顾好这个世界。"

天上终于只剩下一个太阳，它静静地在天上挂着，不再乱飞，每天从东海

chūlái, cóng Xīshān líkāi.

Shìjiè zhōngyú yòu píngjìng xiàlái le. Fēng biàn de liáng le, shuǐ yòu kāishǐ chūxiàn, dìmiàn shàng yě mànman zhǎng chū le lǜsè de zhíwù.

出来，从<u>西山</u>离开。

世界终于又平静下来了。风变得凉了，水又开始出现，地面上也慢慢长出了绿色的植物。

Dì Wǔ Zhāng: Shòudào Zhùfú de Yīngxióng

Hòu Yì shè xià le jiǔ gè tàiyáng, tiān biàn liáng le, shuǐ chūxiàn le, dì bú zài gān, kōngqì bú zài rè. Rénmen chóngxīn zǒuchū shāndòng, kànjiàn lǜcǎo, tīngjiàn niǎo chànggē, dàjiā dōu xiào le.

Hòu Yì huíjiā de lùshang, yòu dào le zhīqián dì sì tiān wǎnshang xiūxi de cūnzi. Zhěnggè cūnzi dōu zài qìngzhù. Nǚrénmen gěi tā sòng shuǐguǒ, háizimen sòng huā, nánrénmen qǐng tā hējiǔ, dàjiā dōu jiào tā "Shèrì Yīngxióng."

Féng Méng zǒu zài Hòu Yì shēnhòu, yě bèi rén wéizhe. Tā xīnli jì gāoxìng, yòu yǒudiǎn bù shūfu.

"Dàjiā dōu zài shuō shīfu, méiyǒu rén kànjiàn wǒ yě bāngmáng le," tā duì zìjǐ shuō dào.

第五章：受到祝福的英雄

后羿射下了九个太阳，天变凉了，水出现了，地不再干，空气不再热。人们重新走出山洞，看见绿草，听见鸟唱歌，大家都笑了。

后羿回家的路上，又到了之前第四天晚上休息的村子。整个村子都在庆祝。女人们给他送水果，孩子们送花，男人们请他喝酒，大家都叫他"射日英雄"。

逢蒙走在后羿身后，也被人围着。他心里既高兴，又有点不舒服。

"大家都在说师父，没有人看见我也帮忙了，"他对自己说到。

Hòu Yì sān rén huíqù de lùshang, zhǐyào yùdào yǒu rén de cūnzi, dàjiā jiù dōu huì huānyíng tā, gěi tā sòng chī de hé hē de, lái biǎodá zìjǐ duì tā de zūnzhòng hé gǎnxiè.

Zài Hòu Yì huídào zìjǐ yuánlái shēnghuó dìfāng de dì'èr tiān, tiānshàng fēi lái yì duǒ yún, yún shàng zuòzhe yí wèi chuānzhuó měilì de yīfu, shēntǐ fāguāng de nǚrén.

"Shì Xīwángmǔ!" rénqún zhī zhōng yǒu rén hǎn chū shēng, dàjiā fēnfēn zuò xià biǎoshì zūnzhòng.

Xīwángmǔ shì tiāngōng de shénxiān, guǎnlǐzhe chángshēng bùlǎo yào. Tā de nénglì fēicháng dà, nénggòu ràng rènhé rén huó de niánqīng, yǒngyuǎn bùlǎo. Xīwángmǔ tīngshuō Hòu Yì wèi le jiù shìjiè, shè xià le jiǔ gè tàiyáng, zhèyàng yōuxiù de chéngjì hé yǒnggǎn ràng tā fēicháng gǎndòng. Yúshì, tā juédìng bǎ chángshēng bùlǎo yào sòng gěi Hòu Yì, ràng tā xiǎngshòu

后羿三人回去的路上，只要遇到有人的村子，大家就都会欢迎他，给他送吃的和喝的，来表达自己对他的尊重和感谢。

在后羿回到自己原来生活地方的第二天，天上飞来一朵云，云上坐着一位穿着美丽的衣服、身体发光的女人。

"是西王母！"人群之中有人喊出声，大家纷纷坐下表示尊重。

西王母是天宫的神仙，管理着长生不老药。她的能力非常大，能够让任何人活得年轻，永远不老。西王母听说后羿为了救世界，射下了九个太阳，这样优秀的成绩和勇敢让她非常感动。于是，她决定把长生不老药送给后羿，让他享受

chángshēng bùlǎo de zhùfú.

Xīwángmǔ de yún cóng tiānshàng mànman fēi xiàlái, tā jīngguò de shù dōu kāi chū huā, kōngqì yě biàn de xiāng qǐlái, xiàngshì dàilái le chūntiān. Tā duì Hòu Yì shuō, "Nǐ yòng rénlèi de yǒnggǎn shè xià le tàiyáng, jiù le hěnduō rén, Yùhuáng Dàdì hěn gāoxìng, ràng wǒ lái dàibiǎo tiāngōng gǎnxiè nǐ."

Hòu Yì tīng le Xīwángmǔ de huà, fēicháng chījīng hé gǎndòng, shuō, "Wǒ zhǐshì zuò le wǒ yīnggāi zuò de shì."

Xīwángmǔ xiào le xiào, cóng kōngqì zhōng ná chū yí gè xiǎo píngzi. Píngzi xiàng yuèliang yíyàng bái, fēicháng piàoliang, ràng rén zhǐshì kàn yì yǎn jiù gǎndào píngjìng.

Xīwángmǔ bǎ xiǎo píngzi sòng gěi Hòu Yì.

长生不老的祝福。

西王母的云从天上慢慢飞下来，她经过的树都开出花，空气也变得香起来，像是带来了春天。她对后羿说："你用人类的勇敢射下了太阳，救了很多人，玉皇大帝很高兴，让我来代表天宫感谢你。"

后羿听了西王母的话，非常吃惊和感动，说，"我只是做了我应该做的事。"

西王母笑了笑，从空气中拿出一个小瓶子。瓶子像月亮一样白，非常漂亮，让人只是看一眼就感到平静。

西王母把小瓶子送给后羿。

"Yùdì ràng wǒ gǎnxiè nǐ, wǒ hěn xǐhuan nǐ de yǒnggǎn, suǒyǐ wǒ juédìng sòng nǐ yì píng chángshēng bùlǎo de yào," tā shuō. "Chī le tā, nǐ jiù néng chángshēng bùlǎo, biànchéng hé wǒmen yíyàng de shénxiān, yǒngyuǎn niánqīng."

Rénmen zài pángbiān tīng le dōu juéde hěn chījīng, yǒu rén xiǎoshēng de shuō, "Chángshēng bùlǎo?"

"Nà shì bu shì jiù kěyǐ yǒngyuǎn huózhe?"

Cháng'é zǒu dào Hòu Yì shēnhòu, xiǎoshēng wèn, "Nǐ xiǎng biànchéng shénxiān ma?"

Hòu Yì méi mǎshàng huídá. Tā kànzhe xiǎo píngzi, yòu kàn le kàn dìmiàn shàng de rénlèi. "Wǒ kěyǐ xiān bù chī ma?" tā wèn.

Xīwángmǔ mànman de diǎntóu, shuō dào, "Chángshēng

"玉帝让我感谢你，我很喜欢你的勇敢，所以我决定送你一瓶长生不老的药，"她说。"吃了它，你就能长生不老，变成和我们一样的神仙，永远年轻。"

人们在旁边听了都觉得很吃惊，有人小声地说，"长生不老？"

"那是不是就可以永远活着？"

嫦娥走到后羿身后，小声问，"你想变成神仙吗？"

后羿没马上回答。他看着小瓶子，又看了看地面上的人类。"我可以先不吃吗？"他问。

西王母慢慢地点头，说到，"长生

bùlǎo yào bùjǐnjǐn shì chángshēng bùlǎo, gèng shì yì zhǒng chéngwéi shénxiān de zīgé, zhè zīgé zhǐyǒu nǐ yǒu, suǒyǐ yào yě zhǐnéng gěi nǐ yí gè rén chī, biérén bùnéng chī. Nǐ shénme shíhou xiǎng chī, jiù chī."

Shuō wán, tā jiù zuòzhe yún fēi zǒu le.

Hòu Yì zhàn zài yuándì, shǒu lǐ názhe nà píng chángshēng bùlǎo yào, xīnli gǎnjué fēicháng luàn. Chángshēng bùlǎo búshì zhǐyǒu hǎochù, qíshí yěyǒu bù hǎo de dìfāng. Hòu Yì bǎ xiǎo píngzi jiāo gěi Cháng'é, shuō, "Nǐ bāng wǒ názhe. Wǒ xiànzài hái bùxiǎng líkāi zhège shìjiè."

"Nǐ wèishénme bù chī?" Féng Méng qíguài de wèn dào.

"Wǒ xiǎng duō péipei Cháng'é, duō bāngbang cūnlǐ de rén. Chéng le shénxiān, yěxǔ jiù bùnéng zài huílái le," Hòu Yì mànman de shuō.

不老药不仅仅是长生不老，更是一种成为神仙的资格，这资格只有你有，所以药也只能给你一个人吃，别人不能吃。你什么时候想吃，就吃。"

说完，她就坐着云飞走了。

后羿站在原地，手里拿着那瓶长生不老药，心里感觉非常乱。长生不老不是只有好处，其实也有不好的地方。后羿把小瓶子交给嫦娥，说，"你帮我拿着。我现在还不想离开这个世界。"

"你为什么不吃？"逢蒙奇怪地问到。

"我想多陪陪嫦娥，多帮帮村里的人。成了神仙，也许就不能再回来了，"后羿慢慢地说。

Féng Méng diǎndian tóu, tā kànzhe Cháng'é shǒu lǐ de xiǎo píngzi, xīnli chūxiàn le yìxiē huài zhǔyì.

Wǎnshang, Hòu Yì de cūnzi lǐ wèi Hòu Yì diǎnqǐ le hěnduō huǒduī. Rénmen tiàowǔ, chànggē, qìngzhù yīngxióng huílái, qìngzhù tiān biàn liáng le, shuǐ chūxiàn le, dì bú zài gān, kōngqì bú zài rè, tàiyáng bú zài luàn fēi.

Hòu Yì zuò zài huǒbiān, Féng Méng zuò zài tā pángbiān, Cháng'é zài tāmen shēnhòu zhǔnbèi rèchá. Hòu Yì gàosu Cháng'é, tā juédìng jiāng chángshēng bùlǎo yào cáng qǐlái, zhǐyǒu zài zuì xūyào de shíhou, cái huì qǔchū. Yīnwèi tā míngbái, zhè fèn chángshēng bùlǎo de zhùfú, suīrán dài gěi le tā chāoguò rénlèi de shíjiān, dàn yě dài gěi le tā chāoguò rénlèi de zérèn. Hòu Yì juéde zhēnzhèng de xìngfú, bìng búshì chángshēng bùlǎo, ér shì yǔ qítā rén yìqǐ shēnghuó, gòngtóng kuàilè.

逢蒙点点头，他看着嫦娥手里的小瓶子，心里出现了一些坏主意。

晚上，后羿的村子里为后羿点起了很多火堆。人们跳舞，唱歌，庆祝英雄回来，庆祝天变凉了，水出现了，地不再干，空气不再热，太阳不再乱飞。

后羿坐在火边，逢蒙坐在他旁边，嫦娥在他们身后准备热茶。后羿告诉嫦娥，他决定将长生不老药藏起来，只有在最需要的时候，才会取出。因为他明白，这份长生不老的祝福，虽然带给了他超过人类的时间，但也带给了他超过人类的责任。后羿觉得真正的幸福，并不是长生不老，而是与其他人一起生活、共同快乐。

Yíqiè kànqǐlai dōu hěn hǎo.

Dàn zài ānjìng de huǒguāng xià, zài rénmen de gēchàng zhī xià, yǒu de xīn, yǐjīng kāishǐ biàn le.

一切看起来都很好。

但在安静的火光下，在人们的歌唱之
下，有的心，已经开始变了。

Dì Liù Zhāng: Jídù de Túdì

Hòu Yì chéng le yīngxióng, dàjiā měitiān lái zhǎo tā. Yǒu de rén xiǎng qǐng tā jiāo háizi shèjiàn, yǒu de rén lái sòng mǐ sòng ròu, hái yǒu de rén zuò zài ménkǒu, shuō tā shì "tiānshàng lái de dàren."

Hòu Yì zǒngshì xiàozhe shuō, "Wǒ búshì shén, wǒ zhǐshì yí gè huì shèjiàn de rén."

Tā háishi xiàng yǐqián yíyàng shēnghuó, báitiān bāng cūnlǐ xiūlǐ fángzi, zhòng dì, wǎnshang hé Cháng'é hē chá.

Ér Féng Méng què bù yíyàng. Féng Méng zǒu zài cūnlǐ, biérén dōu jiào tā "Hòu Yì de túdì." Dàjiā dōu shuō tā hěn lìhai, dàn bǐ Hòu Yì bù hǎo yīdiǎn, rénmen xūyào bāngzhù de shíhou dōu huì qù zhǎo Hòu Yì. "Hòu Yì shì zuì lìhai de yīngxióng," rénmen jīngcháng zhèyàng shuō.

第六章：嫉妒的徒弟

后羿成了英雄，大家每天来找他。有的人想请他教孩子射箭，有的人来送米送肉，还有的人坐在门口，说他是"天上来的大人"。

后羿总是笑着说，"我不是神，我只是一个会射箭的人。"

他还是像以前一样生活，白天帮村里修理房子、种地，晚上和嫦娥喝茶。

而逢蒙却不一样。逢蒙走在村里，别人都叫他"后羿的徒弟"。大家都说他很厉害，但比后羿不好一点，人们需要帮助的时候都会去找后羿。"后羿是最厉害的英雄，"人们经常这样说。

"Tā shì yīngxióng, wǒ shì shénme?" Féng Méng yí gè rén zài shān lǐbian liànxí shèjiàn shí biān zhèyàng wèn zìjǐ.

Tā de jiàn yì zhī yòu yì zhī shè chūqù, quándōu shèzhòng le shù de zhōngxīn. Tā de jìshù bǐ yǐqián gèng hǎo, dàn tā xīnqíng què bǐ yǐqián gèng bù hǎo.

Tā xiǎngqǐ nàtiān Xīwángmǔ lái de shíhou, lián kàn dōu méi kàn tā yì yǎn.

"Wǒ yě qù le Xīshān, wǒ yě pá le shān, zǒu le lù, wèishénme wǒ dé bu dào zhùfú?" Féng Méng xīnli yìzhí zhème xiǎng.

Wǎnshang, Féng Méng zhàn zài Hòu Yì jiā wài, kàndào Cháng'é bǎ nàge lǐmiàn yǒu chángshēng bùlǎo yào de xiǎo píngzi fàng jìn mùtou hézi lǐ, mái dào Hòu Yì jiā hòumiàn dàshù xià.

"他是英雄，我是什么？"逢蒙一个人在山里边练习射箭时边这样问自己。

他的箭一支又一支射出去，全都射中了树的中心。他的技术比以前更好，但他心情却比以前更不好。

他想起那天西王母来的时候，连看都没看他一眼。

"我也去了西山，我也爬了山、走了路，为什么我得不到祝福？"逢蒙心里一直这么想。

晚上，逢蒙站在后羿家外，看到嫦娥把那个里面有长生不老药的小瓶子放进木头盒子里，埋到后羿家后面大树下。

Féng Méng juéde hěn chījīng, Hòu Yì jìngrán zhēnde méiyǒu chī chángshēng bùlǎo yào. Féng Méng de xīnli kāishǐ zuòqǐ dǎsuàn, tā yào dédào chángshēng bùlǎo yào, tā yào zhèngmíng zìjǐ yěyǒu chéngwéi shénxiān de zīgé.

Dì'èr tiān, tā pǎo qù zhǎo Hòu Yì, xiàozhe shuō, "Shīfu, wǒ xiǎng qù cūnzi wài de shān kànkan, wǒ xiǎng zìjǐ zǒu yi zǒu."

Hòu Yì kàn le tā yì yǎn, shuō, "Hǎo. Chūqù zǒuzou yě hǎo."

Cháng'é hé Hòu Yì wèi Féng Méng zhǔnbèi le hěnduō fàn hé cài, qǐng Féng Méng lái jiālǐ chīfàn, tāmen yìqǐ hējiǔ, yìqǐ liáotiān, yìzhí dào bànyè.

Hòu Yì hé Cháng'é zhàn qǐlái, jǔ qǐ jiǔbēi, "Féng Méng, nǐ yào líkāi cūnzi le, wǒmen xiǎng shuō de

逢蒙觉得很吃惊，后羿竟然真的没有吃长生不老药。逢蒙的心里开始做起打算，他要得到长生不老药，他要证明自己也有成为神仙的资格。

第二天，他跑去找后羿，笑着说，"师父，我想去村子外的山看看，我想自己走一走。"

后羿看了他一眼，说，"好。出去走走也好。"

嫦娥和后羿为逢蒙准备了很多饭和菜，请逢蒙来家里吃饭，他们一起喝酒，一起聊天，一直到半夜。

后羿和嫦娥站起来，举起酒杯，"逢蒙，你要离开村子了，我们想说的

hěnduō, gǎnqíng dōu zài jiǔ lǐ." Ránhòu hé Féng
Méng yìqǐ bǎ jiǔbēi hùxiāng pèng le yíxià, tāmen gèzì
hēguāng le zìjǐ de jiǔ.

Féng Méng shuō, "Gǎnxiè nǐmen yìzhí zhàogù wǒ,
jiāo wǒ shèjiàn, ràng wǒ chéngzhǎng, wǒ yídìng huì
zhèngmíng zìjǐ de nénglì, ràng dàjiā dōu jiào wǒ
yīngxióng."

Zhè tiān wǎnshang, Féng Méng hé Hòu Yì Cháng'é
dōu liúxià le gǎndòng de yǎnlèi.

很多，感情都在酒里。”然后和<u>逢蒙</u>一起把酒杯互相碰了一下，他们各自喝光了自己的酒。

<u>逢蒙</u>说，“感谢你们一直照顾我，教我射箭，让我成长，我一定会证明自己的能力，让大家都叫我英雄。”

这天晚上，<u>逢蒙</u>和<u>后羿嫦娥</u>都流下了感动的眼泪。

Dì Qī Zhāng: Bēn Yuè

Yè shēn le, Cháng'é hé Hòu Yì dōu huí zìjǐ de fángjiān shuìjiào le.

Féng Méng juéde, zhè shì zìjǐ zuìhòu de jīhuì.

Yúshì Féng Méng cáng zài Hòu Yì de fángjiān wài, děngdào dēng guān le yǐhòu, tā yòu děng le hěnjiǔ, zhídào yíqiè dōu ānjìng xiàlái, tā cái mànman de zǒudào Hòu Yì jiā bèihòu de dàshù xià, kāishǐ yòng shǒu mànman de wā dìmiàn, xiǎng yào zhǎodào Cháng'é báitiān mái qǐlái de mùtou hézi, xiǎng yào dédào lǐmiàn cángzhe de chángshēng bùlǎo yào, xiǎng yào chéngwéi shénxiān, zhèngmíng zìjǐ yěshì yīngxióng.

Zài nà kē dàshù xià, Féng Méng yòng shǒu wā le yí gè dàdòng, zhōngyú zhǎodào le Cháng'é cáng qǐlái de mùtou hézi. Tā bǎ mùtou hézi ná chūlái, zài bǎ wā chūlái

第七章：奔月

夜深了，嫦娥和后羿都回自己的房间睡觉了。

逢蒙觉得，这是自己最后的机会。

于是逢蒙藏在后羿的房间外，等到灯关了以后，他又等了很久，直到一切都安静下来，他才慢慢地走到后羿家背后的大树下，开始用手慢慢地挖地面，想要找到嫦娥白天埋起来的木头盒子，想要得到里面藏着的长生不老药，想要成为神仙，证明自己也是英雄。

在那颗大树下，逢蒙用手挖了一个大洞，终于找到了嫦娥藏起来的木头盒子。他把木头盒子拿出来，再把挖出来

de tǔ fàng huíqù, ránhòu yì zhuǎn shēn, jiù kànjiàn Cháng'é bàozhe zìjǐ gānggāng wā chūlái de mùtou hézi.

Cháng'é bù xǐhuan hējiǔ, tā jīnwǎn hē le tài duō de jiǔ, yǒuxiē bù shūfu, juéde shuìbuzháo, suǒyǐ chūlái zǒuzou, zhènghǎo jiù yùjiàn Féng Méng zài mùtou fángzi hòumiàn de dàshù xià wā dōngxi. Zài Féng Méng mángzhe bǎ tǔ fàng huíqù de shíhou, Cháng'é mànman zǒu guòqù, bàoqǐ le nàge mùtou hézi.

Féng Méng chījīng de zhāngdà zuǐ, mànman de shuō, "Wǒ... wǒ zhǐshì xiǎng kànkan chángshēng bùlǎo yào zhǎng shénme yàngzi."

"Nà shì gěi Hòu Yì de zhùfú, búshì nǐ de." Cháng'é kànzhe tā, wèn dào, "Féng Méng, nǐ shì wǒmen zuì hǎo de péngyou, nǐ wèishénme yào zhèyàng zuò?"

的土放回去，然后一转身，就看见嫦娥抱着自己刚刚挖出来的木头盒子。

嫦娥不喜欢喝酒，她今晚喝了太多的酒，有些不舒服，觉得睡不着，所以出来走走，正好就遇见逄蒙在木头房子后面的大树下挖东西。在逄蒙忙着把土放回去的时候，嫦娥慢慢走过去，抱起了那个木头盒子。

逄蒙吃惊地张大嘴，慢慢地说，
"我……我只是想看看长生不老药长什么样子。"

"那是给后羿的祝福，不是你的。"嫦娥看着他，问到，"逄蒙，你是我们最好的朋友，你为什么要这样做？"

"Wǒ bù gāoxìng!" Féng Méng tūrán dàjiào, "Wǒ yě fēicháng nǔlì de gēnzhe nǐmen pá shàng guò Xīshān, wǒ yě dàoguo Xīshān de shāndǐng, wèishénme chángshēng bùlǎo de zhùfú zhǐ gěi Hòu Yì? Nǐmen dōu wàng le wǒ de nǔlì!"

Cháng'é kànzhe tā, liúxià yǎnlèi.

"Nǐ biàn le, nǐ zhèyàng zuò huì ràng nǐ shīfu shāngxīn, yě ràng cūnzi lǐ de rénmen shīwàng," Cháng'é shāngxīn de shuō.

Féng Méng bùxiǎng fàngqì, tā hǎoxiàng tīng bu jiàn yíyàng, kànzhe Cháng'é shǒu lǐ de mùtou hézi, shuō dào, "Bǎ chángshēng bùlǎo yào gěi wǒ!"

"Hòu Yì! Jiù wǒ!" Cháng'é tūrán dàjiào dào, tā juéde fēicháng hàipà. Dànshì Hòu Yì yě hē le tài duō de jiǔ, réngrán zài shuìjiào. Cháng'é zhīdào zìjǐ dǎbuguò

"我不高兴！"逢蒙突然大叫，"我也非常努力地跟着你们爬上过西山，我也到过西山的山顶，为什么长生不老的祝福只给后羿？你们都忘了我的努力！"

嫦娥看着他，流下眼泪。

"你变了，你这样做会让你师父伤心，也让村子里的人们失望，"嫦娥伤心地说。

逢蒙不想放弃，他好像听不见一样，看着嫦娥手里的木头盒子，说到，"把长生不老药给我！"

"后羿！救我！"嫦娥突然大叫到，她觉得非常害怕。但是后羿也喝了太多的酒，仍然在睡觉。嫦娥知道自己打不过

Féng Méng, Féng Méng hěn niánqīng, lìqi hěn dà. Tā kànzhe shǒu lǐ de mùtou hézi, zuò le yí gè yǒnggǎn de juédìng.

Tā dǎkāi mùtou hézi, ránhòu ná chū chángshēng bùlǎo yào, zài bǎ mùtou hézi diū xiàng Féng Méng, zuìhòu dǎkāi xiàng yuèliang yíyàng bái de xiǎo píngzi, yì kǒu jiù bǎ píngzi lǐmiàn de dōngxi chī le.

"Zhè jiùshì chángshēng bùlǎo de zhùfú ma?" Cháng'é xiǎngzhe. Tā chī de tài kuài, méiyǒu shíjiān kàn chángshēng bùlǎo yào zhǎng shénme yàngzi, yě bù zhīdào shì shénme wèidào.

"Nǐ gàn le shénme!" Féng Méng dàjiào.

"Wǒ bùnéng ràng nǐ názǒu tā, zhǐyǒu wǒ zìjǐ chī le tā, wǒ cái néng búràng chángshēng bùlǎo yào dào nǐ shǒu lǐ." Cháng'é shuō wán, jiù gǎnjué shēntǐ yuè lái yuè

逢蒙，逢蒙很年轻，力气很大。她看着手里的木头盒子，做了一个勇敢的决定。

她打开木头盒子，然后拿出长生不老药，再把木头盒子丢向逢蒙，最后打开像月亮一样白的小瓶子，一口就把瓶子里面的东西吃了。

"这就是长生不老的祝福吗？"嫦娥想着。她吃的太快，没有时间看长生不老药长什么样子，也不知道是什么味道。

"你干了什么！"逢蒙大叫。

"我不能让你拿走它，只有我自己吃了它，我才能不让长生不老药到你手里。"嫦娥说完，就感觉身体越来越

qīng, jiǎo líkāi le dìmiàn.

Tā mànman fēi le qǐlái, fēi chū cūnzi, fēi xiàng tiānshàng, lí rénlèi shìjiè yuè lái yuè yuǎn. Tā fēiguò yún, kànjiàn hěnduō xīngxing, tā láidào yí gè hěn dà de dìfāng, nàlǐ yǒu fāguāng de mén, zhǎngmǎn huā de lù.

Yí gè chuānzhuó měilì de yīfu, shēntǐ fāguāng de nǚrén zǒu le chūlái. "Huānyíng nǐ láidào tiāngōng, Cháng'é," tā shuō dào.

"Xīwángmǔ, kěshì wǒ méiyǒu chéngwéi shénxiān de zīgé, tàiyáng shì Hòu Yì shè xiàlái de, búshì wǒ," Cháng'é zháojí de shuō.

Xīwángmǔ huídá dào, "Jīntiān wǎnshang fāshēng de shìqing wǒmen dōu kàndào le, fāshēng zhèyàng de shìqing, dàjiā dōu hěn shāngxīn."

轻，脚离开了地面。

她慢慢飞了起来，飞出村子，飞向天上，离人类世界越来越远。她飞过云，看见很多星星，她来到一个很大的地方，那里有发光的门，长满花的路。

一个穿着美丽的衣服，身体发光的女人走了出来。"欢迎你来到天宫，嫦娥，"她说到。

"西王母，可是我没有成为神仙的资格，太阳是后羿射下来的，不是我，"嫦娥着急地说。

西王母回答到，"今天晚上发生的事情我们都看到了，发生这样的事情，大家都很伤心。"

Xīwángmǔ bàozhe Cháng'é shuō, "Dàn nǐ de yǒnggǎn yě yǐjīng wèi nǐ zhèngmíng le nǐ yǒu chéngwéi shénxiān de zīgé, chéngwéi shénxiān shì nǐ de zérèn, Cháng'é."

Cháng'é tīng le Xīwángmǔ shuō de huà, háishi juéde hěn shāngxīn, tā hěn xiǎng Hòu Yì, tā xīwàng néng yìzhí hé Hòu Yì zài yìqǐ.

Xīwángmǔ juéde Cháng'é fēicháng kělián, yúshì shuō, "Suīrán nǐ yǐjīng huí bu qù rénlèi shìjiè, dàn wǒ kěyǐ ràng nǐ zài tiāngōng lǐ xuǎn yí gè nǐ xǐhuan de gōngzuò."

Cháng'é xiǎng le yíhuì, mànman shuō dào, "Nà wǒ xīwàng kěyǐ dào yuèliang shàng qù zhù, zhèyàng wǒ měitiān wǎnshang dōu kěyǐ kànjiàn Hòu Yì, wǒ zhēnde hěn ài tā."

西王母抱着嫦娥说，"但你的勇敢也已经为你证明了你有成为神仙的资格，成为神仙是你的责任，嫦娥。"

嫦娥听了西王母说的话，还是觉得很伤心，她很想后羿，她希望能一直和后羿在一起。

西王母觉得嫦娥非常可怜，于是说，"虽然你已经回不去人类世界，但我可以让你在天宫里选一个你喜欢的工作。"

嫦娥想了一会，慢慢说到，"那我希望可以到月亮上去住，这样我每天晚上都可以看见后羿，我真的很爱他。"

Xīwángmǔ fēicháng gǎndòng, tā juéde Cháng'é hé Hòu Yì de àiqíng huì ràng tāmen fēicháng xìngfú, rúguǒ tāmen dōu shì rénlèi, huòzhě dōu shì shénxiān. Dàn chángshēng bùlǎo yào zhǐyǒu yì píng, Xīwángmǔ yě méiyǒu bànfǎ bāngzhù Cháng'é, zhǐnéng ràng Cháng'é qù yuèliang shàng guǎnlǐ yuègōng. Nàlǐ yòu lěng yòu ānjìng, chúle Cháng'é yě méiyǒu shénxiān yuànyì qù.

Cháng'é zài yuèliang shàng zhòng le hěnduō hé Hòu Yì jiā yíyàng de dàshù, měitiān wǎnshang yuèliang láidào rénlèi shìjiè de shíhou, tā jiù kěyǐ zuò zài shù shàng kàn Hòu Yì zài rénlèi shìjiè de shēnghuó.

西王母非常感动，她觉得嫦娥和后羿的爱情会让他们非常幸福，如果他们都是人类，或者都是神仙。但长生不老药只有一瓶，西王母也没有办法帮助嫦娥，只能让嫦娥去月亮上管理月宫。那里又冷又安静，除了嫦娥也没有神仙愿意去。

嫦娥在月亮上种了很多和后羿家一样的大树，每天晚上月亮来到人类世界的时候，她就可以坐在树上看后羿在人类世界的生活。

Dì Bā Zhāng: Xīnsuì

Hòu Yì hē le tài duō de jiǔ, shuìzháo le, nàtiān wǎnshang fāshēng de zhème duō shìqing, tā dōu bù zhīdào.

Dì'èr tiān xiàwǔ Hòu Yì shuìxǐng, fāxiàn Cháng'é bú zài zìjǐ pángbiān.

"Cháng'é! Cháng'é nǐ zài nǎlǐ!" Hòu Yì zhèyàng jiàozhe, zài fángzi lǐ zhǎo Cháng'é.

Shíjiān jiù zhèyàng guòqù le hěnjiǔ, yì nián, liǎng nián……Cháng'é yě méiyǒu zài huílái. Hòu Yì zài zhè liǎng nián de shíjiān lǐ zhǎoguo le hěnduō dìfāng. Tā hé Cháng'é dì yī cì jiànmiàn de hébiān, tā hé Cháng'é jiéhūn de sēnlín lǐ, tā hé Cháng'é yìqǐ páguò de Xīshān shāndǐng. Dàochù zhǎo bu dào Cháng'é.

"Tā wèishénme yào zǒu? Tā wèishénme yào líkāi

第八章：心碎

后羿喝了太多的酒，睡着了，那天晚上发生的这么多事情，他都不知道。

第二天下午后羿睡醒，发现嫦娥不在自己旁边。

"嫦娥！嫦娥你在哪里！"后羿这样叫着，在房子里找嫦娥。

时间就这样过去了很久，一年、两年……嫦娥也没有再回来。后羿在这两年的时间里找过了很多地方。他和嫦娥第一次见面的河边，他和嫦娥结婚的森林里，他和嫦娥一起爬过的西山山顶。到处找不到嫦娥。

"她为什么要走？她为什么要离开

wǒ?" Hòu Yì zài xīnli wèn zìjǐ, "Tā wèishénme bú gàosu wǒ? Wǒ zuòcuò le shénme?"

Hòu Yì fēicháng nánguò, yǒu yì tiān wǎnshang, tā zǒu le hěnjiǔ, láidào yí piàn sēnlín lǐ. Zhǎodào le yí gè xiǎo shāndòng, ránhòu zuò xiàlái xiūxi. Wǎnshang de sēnlín hěn měi, kěshì tā shénme dōu bùxiǎng kàn, zhǐ juéde xīnli hěn nánguò, hěn téng, hěn kōng.

Yè shēn le, Hòu Yì tǎng zài shāndòng lǐ, shuìbuzháo. Tā xiǎngqǐ Cháng'é de xiào, xiǎngqǐ tā zuò de fàn hé chá. Měi cì Cháng'é kànzhe tā xiào, tā jiù juéde hěn kuàilè, hěn xìngfú.

"Wèishénme tā yào líkāi ne?" Hòu Yì yòu zài xīnli wèn zìjǐ.

Tā xiǎng, rúguǒ zìjǐ duō guānxīn yìdiǎn Cháng'é, duō zhàogù yìdiǎn Cháng'é, yěxǔ Cháng'é jiù búhuì líkāi zìjǐ

我？”后羿在心里问自己，“她为什么不告诉我？我做错了什么？”

后羿非常难过，有一天晚上，他走了很久，来到一片森林里。找到了一个小山洞，然后坐下来休息。晚上的森林很美，可是他什么都不想看，只觉得心里很难过，很疼，很空。

夜深了，后羿躺在山洞里，睡不着。他想起嫦娥的笑，想起她做的饭和茶。每次嫦娥看着他笑，他就觉得很快乐，很幸福。

“为什么她要离开呢？”后羿又在心里问自己。

他想，如果自己多关心一点嫦娥，多照顾一点嫦娥，也许嫦娥就不会离开自己

le. Dàn xiànzài, Cháng'é yǐjīng zǒu le, shénme dōu méiyǒu le.

Tā juéde xīnli hěn kōng, xiàng shì shīqù le zuì zhòngyào de dōngxi.

Hòu Yì zhāngkāi yǎnjing, yǎnlèi mànman liú le xiàlái.

Dì'èr tiān, Hòu Yì jìxù zǒu. Tā bù zhīdào qù nǎlǐ, zhǐshì xiǎng líkāi zhège shāngxīn de dìfāng, xiǎng wàngjì zhè yíqiè.

Tā zǒuguò shān, zǒuguò hé, zǒuguò xǔduō cūnzi. Měi gè rén kàndào Hòu Yì, dōu zhīdào tā shì shè xià tàiyáng de yīngxióng, kěshì méiyǒu rén zhīdào tā xiànzài yǒu duōme shāngxīn.

了。但现在，嫦娥已经走了，什么都没有了。

他觉得心里很空，像是失去了最重要的东西。

后羿张开眼睛，眼泪慢慢流了下来。

第二天，后羿继续走。他不知道去哪里，只是想离开这个伤心的地方，想忘记这一切。

他走过山，走过河，走过许多村子。每个人看到后羿，都知道他是射下太阳的英雄，可是没有人知道他现在有多么伤心。

Dì Jiǔ Zhāng: Liúlàng de Yīngxióng

Yòu shì jǐ gè yuè guòqù le, Hòu Yì zǒuguo xǔduō dìfāng, bāngzhù le hěnduō rén, dàn Hòu Yì háishi méiyǒu zhǎodào dá'àn. Tā zài shānlǐ bāng rénmen xiūlǐ fángzi, jiù shēngbìng de rén, xiūlǐ qiáo, bǎohù dòngwù, zuò le hěnduō hǎoshì. Dàn wúlùn tā zuò shénme, xīnli háishi jīngcháng juéde tòng hé kōng.

Tā zhīdào, zìjǐ yǐjīng huí bu dào yǐqián de shēnghuó le. Méiyǒu le Cháng'é, yě méiyǒu le nà fèn píngjìng hé kuàilè.

"Yěxǔ, wǒ yīnggāi jìxù zǒu xiàqù," Hòu Yì duì zìjǐ shuō. "Wǒ bùnéng tíng zài zhèlǐ. Hái yǒu hěnduō rén xūyào wǒ de bāngzhù, wǒ hái yǒu zérèn yào wánchéng."

第九章：流浪的英雄

又是几个月过去了，<u>后羿</u>走过许多地方，帮助了很多人，<u>但后羿</u>还是没有找到答案。他在山里帮人们修理房子，救生病的人，修理桥，保护动物，做了很多好事。但无论他做什么，心里还是经常觉得痛和空。

他知道，自己已经回不到以前的生活了。没有了<u>嫦娥</u>，也没有了那份平静和快乐。

"也许，我应该继续走下去，"<u>后羿</u>对自己说。"我不能停在这里。还有很多人需要我的帮助，我还有责任要完成。"

Shíjiān mànman guòqù, zhè tiān Hòu Yì láidào le yí gè Luò Hé biānshang de cūnzi. Zhège cūnzi bú xiàng tā yǐqián qùguo de nàxiē dìfāng nàme píngjìng, cūnlǐ de rén kànqǐlai dōu hěn jǐnzhāng, hěn hàipà. Tāmen de liǎn shàng méiyǒu xiào, zǒulù shí zǒngshì dīzhe tóu.

Hòu Yì zǒu dào yí gè lǎorén miànqián, lǎorén wèn dào, "Nǐ shì nàge shèrì yīngxióng Hòu Yì ma?"

Hòu Yì huídá, "Shì de, zhège cūnzi hěn qíguài, nǐmen wèishénme kànqǐlai zhème hàipà?"

Lǎorén huídá Hòu Yì, "Zài wǒmen cūnzi pángbiān de Luò Hé lǐ, yuánlái yǒu yí gè Luò Hé Shuǐjīnglíng, wǒmen dōu jiào tā Luòpín, dàgài liǎng nián bàn qián chūxiàn le yí gè huàirén, shèshā le Luòpín de zhàngfu, Luòpín de lìliàng láizì tā de gǎnqíng, dāng tā wèi zhàngfu de sǐ ér shāngxīn shí, jiù méiyǒu le lìliàng, yúshì Luòpín jiù bèi nà

时间慢慢过去，这天后羿来到了一个洛河边上的村子。这个村子不像他以前去过的那些地方那么平静，村里的人看起来都很紧张、很害怕。他们的脸上没有笑，走路时总是低着头。

后羿走到一个老人面前，老人问到，"你是那个射日英雄后羿吗？"

后羿回答，"是的，这个村子很奇怪，你们为什么看起来这么害怕？"

老人回答后羿，"在我们村子旁边的洛河里，原来有一个洛河水精灵，我们都叫她洛嫔，大概两年半前出现了一个坏人，射杀了洛嫔的丈夫，洛嫔的力量来自她的感情，当她为丈夫的死而伤心时，就没有了力量，于是洛嫔就被那

ge huàirén guān qǐlái le, nàge huàirén dédào Luòpín de píngzi zhīhòu, kěyǐ shǐyòng Luòpín de lìliàng, wǒmen dǎbuguò tā, qǐng bāngbang wǒmen!"

Hòu Yì tīng le hěn shēngqì. Tā juédìng bāngzhù dàjiā, jiějué nàge huàirén. Yúshì Hòu Yì zài lǎorén jiālǐ zhù xià, kāishǐ zài Luò Hé biānshang zhǎo lǎorén shuō de nàge huàirén.

个坏人关起来了，那个坏人得到洛嫔的瓶子之后，可以使用洛嫔的力量，我们打不过他，请帮帮我们！"

后羿听了很生气。他决定帮助大家，解决那个坏人。于是后羿在老人家里住下，开始在洛河边上找老人说的那个坏人。

Dì Shí Zhāng: Gèng Duō Pòhuài

Hòu Yì bù zhīdào nàge huàirén zài nǎlǐ, Luò Hé biānshang yǒu hěnduō bù yíyàng de cūnzi, Hòu Yì méi bànfǎ yíxià zhǎodào nàge huàirén.

Yǒu yì tiān, Hòu Yì yòu dào le yí gè xīn de cūnzi. Zhège cūnzi hěn ānjìng, néng kànjiàn de rén bù duō, hěnduō fángzi yě huài le. Hòu Yì zǒu jìn cūnzi, kànjiàn jǐ gè lǎorén hé háizi zuò zài shù xià. Tā zǒu guòqù wèn, "Zhèlǐ fāshēng le shénme shì? Wèishénme fángzi huài le?"

Yí gè lǎorén shāngxīn de shuō, "Yǒu yí gè huàirén lái le. Tā yǒu yí gè qíguài de píngzi. Nàge píngzi kěyǐ dào chū hěnduō shuǐ, xiàng dàhé yíyàng. Tā yòng shuǐ pòhuài le wǒmen de cūnzi, zhèlǐ sǐ le hěnduō rén, jiù shèng wǒmen jǐ gè rén le."

第十章：更多破坏

<u>后羿</u>不知道那个坏人在哪里，<u>洛河</u>边上有很多不一样的村子，<u>后羿</u>没办法一下找到那个坏人。

有一天，<u>后羿</u>又到了一个新的村子。这个村子很安静，能看见的人不多，很多房子也坏了。<u>后羿</u>走进村子，看见几个老人和孩子坐在树下。他走过去问，"这里发生了什么事？为什么房子坏了？"

一个老人伤心地说，"有一个坏人来了。他有一个奇怪的瓶子。那个瓶子可以倒出很多水，像大河一样。他用水破坏了我们的村子，这里死了很多人，就剩我们几个人了。"

Hòu Yì kànzhe tāmen, gǎndào fēicháng shāngxīn. Wèn dào, "Zhège huàirén shì shuí? Tā xiànzài zài nǎr?"

Lǎorén xiǎng le yíhuì, shuō, "Wǒmen bù zhīdào. Tā bù jīngcháng zài yí gè dìfāng, zuìjìn yǒu háizi kànjiàn tā qù le běibian de sēnlín."

Hòu Yì diǎndian tóu, shuō, "Hǎo, wǒ qù běibian de cūnzi kànkan, nǐmen yídìng yào zhàogù hǎo zìjǐ, hǎohao shēnghuó xiàqù."

Hòu Yì líkāi le zhèlǐ, wǎng běibian zǒu qù. Tā zǒu le liǎng tiān, dào le lùshang, tā kàndào dǎo xià de shù, bèi shuǐ pòhuài de cūnzi, hái yǒu yìxiē rén bèi shuǐ shāsǐ hòu tǎng zài dìmiàn shàng. Tā xīnli hěn nánguò. Tā zhīdào, nàge huàirén hái zài zuò huàishì. Tā zhīdào, tā bìxū zhǎodào nàge huàirén. Tā zhīdào, tā bìxū shāsǐ

后羿看着他们，感到非常伤心。问到，"这个坏人是谁？他现在在哪儿？"

老人想了一会，说，"我们不知道。他不经常在一个地方，最近有孩子看见他去了北边的森林。"

后羿点点头，说，"好，我去北边的村子看看，你们一定要照顾好自己，好好生活下去。"

后羿离开了这里，往北边走去。他走了两天，到了路上，他看到倒下的树，被水破坏的村子，还有一些人被水杀死后躺在地面上。他心里很难过。他知道，那个坏人还在做坏事。他知道，他必须找到那个坏人。他知道，他必须杀死

nàge huàirén lái jiù dàjiā de shēngmìng.

Hòu Yì yòu xiàng běi zǒu le sān tiān, zài běibian de sēnlín lǐ, tā fāxiàn le yí gè hái méiyǒu bèi shuǐ pòhuàiguo de cūnzi. Tā juéde fēicháng qíguài, yúshì pǎo guòqù wèn cūnzi lǐ de lǎorén, "Zhèlǐ yǒu méi yǒu yí gè názhe qíguài píngzi de rén láiguò?"

Lǎorén de huídá ràng Hòu Yì hěn chījīng, "Yǒu a, qián jǐ tiān yǒu gè rén názhe yí gè hěn qíguài de píngzi, láidào wǒmen cūnzi lǐ, gēn wǒmen shuō tā shì tiānshàng lái de shénxiān, kěyǐ gěi wǒmen dàilái xìngfú shēnghuó. Dàn rúguǒ wǒmen bù tīng tā de huà, xià gè xīngqī jiù lái yòng shuǐ shāsǐ wǒmen. Wǒmen dàjiā dōu juéde tā shì zài kāiwánxiào, dàjiā dōu xiào de hěn kāixīn." Hòu Yì zhīdào, tā zhǎodào le.

那个坏人来救大家的生命。

后羿又向北走了三天，在北边的森林里，他发现了一个还没有被水破坏过的村子。他觉得非常奇怪，于是跑过去问村子里的老人，"这里有没有一个拿着奇怪瓶子的人来过？"

老人的回答让后羿很吃惊，"有啊，前几天有个人拿着一个很奇怪的瓶子，来到我们村子里，跟我们说他是天上来的神仙，可以给我们带来幸福生活。但如果我们不听他的话，下个星期就来用水杀死我们。我们大家都觉得他是在开玩笑，大家都笑的很开心。"后羿知道，他找到了。

Dì Shíyī Zhāng: Lǎo Péngyou

Hěn kuài nàge názhe píngzi de rén hé cūnzi shuōhǎo de shíjiān jiù dào le, Hòu Yì yìzhí zài cūnzi lǐ zhùzhe, děngzhe zhè yì tiān de dàolái.

Zhè tiān zǎoshang, rénmen gāng qǐchuáng, cūnzi lǐ jiù tūrán xiǎngqǐ yí gè rén de shēngyīn, "Shíjiān dào le! Nǐmen hái bù xiāngxìn wǒ shì shénxiān ma?"

Dàjiā dōu chūlái kàn, Hòu Yì yě gēnzhe chūlái, tā chījīng de fāxiàn, zhège dàochù yòng shuǐ pòhuài shìjiè de rén, tā jìngrán rènshi.

"Shì Féng Méng!" Hòu Yì zài xīnli wèn zìjǐ, "Tā wèishénme yào zhèyàng zuò?"

Féng Méng zhèng yào bǎ shǒu lǐ de píngzi dào guòlái, fàngchū hěnduō shuǐ lái pòhuài cūnzi, shāsǐ rénmen.

第十一章：老朋友

很快那个拿着瓶子的人和村子说好的时间就到了，<u>后羿</u>一直在村子里住着，等着这一天的到来。

这天早上，人们刚起床，村子里就突然响起一个人的声音，"时间到了！你们还不相信我是神仙吗？"

大家都出来看，<u>后羿</u>也跟着出来，他吃惊地发现，这个到处用水破坏世界的人，他竟然认识。

"是<u>逢蒙</u>！"<u>后羿</u>在心里问自己，"他为什么要这样做？"

<u>逢蒙</u>正要把手里的瓶子倒过来，放出很多水来破坏村子，杀死老们。

Hòu Yì tūrán dàshēng jiào dào, "Féng Méng! Búyào zhèyàng zuò! Nǐ wèishénme yào pòhuài rénmen de shēnghuó?"

Féng Méng xiàngzhe shēngyīn de fāngxiàng kàn qù, yě gǎndào fēicháng chījīng, "Hòu Yì! Nǐ zěnme zài zhèlǐ? Wǒ zuò shénme shìqing búyòng nǐ guǎn!"

Hòu Yì fēicháng shēngqì, "Nǐ shā le nàme duō rén, jīntiān wǒ jiù yào jiéshù zhè yíqiè!" Yúshì tā jǔqǐ zìjǐ de gōng, jiù shè chūqù yì gēn huǒjiàn. Zài Xīshān shè xià tàiyáng zhīhòu, Hòu Yì yǐjīng yǒu le shǐyòng Shèrì Shéngōng de nénglì, tā kěyǐ yòng zuì jiǎndān de mùtou gōng, shè chūqù dài yǒu tèbié lìliàng de jiàn.

Féng Méng yòng píngzi fàngchū shuǐ lái pòhuài le zhè yī jiàn, ránhòu dàshēng xiàozhe jiào dào, "Luò Hé Shuǐjīnglíng yǐjīng bèi wǒ guān zài le zhège píngzi lǐmiàn, wǒ kěyǐ shǐyòng tā

后羿突然大声叫到，"逢蒙！不要这样做！你为什么要破坏人们的生活？"

逢蒙向着声音的方向看去，也感到非常吃惊，"后羿！你怎么在这里？我做什么事情不用你管！"

后羿非常生气，"你杀了那么多人，今天我就要结束这一切！"于是他举起自己的弓，就射出去一根火箭。在西山射下太阳之后，后羿已经有了使用射日神弓的能力，他可以用最简单的木头弓，射出去带有特别力量的箭。

逢蒙用瓶子放出水来破坏了这一箭，然后大声笑着叫到，"洛河水精灵已经被我关在了这个瓶子里面，我可以使用她

de lìliàng, fàngchū yì tiáo dàhé lái pòhuài suǒyǒu dōngxi, nǐ dǎbuguò wǒ! Xiànzài shì wǒ bǐ nǐ gèng lìhai, Hòu Yì!"

Ránhòu Féng Méng náchū le zìjǐ de gōng, nà shì yǐqián Hòu Yì jiāo tā shèjiàn de shíhou, tā zìjǐ yòng de gōng. Féng Méng lākāi zìjǐ de gōng, xiàngzhe Hòu Yì shè chūqù yì gēn shuǐ jiàn——zhè shì tā yòng Luòpín píngzi lǐ de shuǐ zuò de. Féng Méng de shèjiàn jìshù hěn hǎo, tā yíxià jiù bǎ Hòu Yì zuǒ tuǐ shèchuān le. Hòu Yì tǎng zài dìshàng, méiyǒu lìqi zài zhàn qǐlái.

Féng Méng shuō dào, "Zhè jiùshì dàjiā de yīngxióng ma? Nǐ yǒu shénme yòng? Nǐ bǎohù bù liǎo dàjiā!"

Ránhòu cóng píngzi lǐ fàngchū shuǐ lái, pòhuài le zhège cūnzi.

的力量，放出一条大河来破坏所有东
西，你打不过我！现在是我比你更厉
害，后羿！"

然后逄蒙拿出了自己的弓，那是以前后
羿教他射箭的时候，他自己用的弓。逄
蒙拉开自己的弓，向着后羿射出去一根
水箭——这是他用洛嫔瓶子里的水做
的。逄蒙的射箭技术很好，他一下就把
后羿左腿射穿了。后羿躺在地上，没有
力气再站起来。

逄蒙说到，"这就是大家的英雄吗？你
有什么用？你保护不了大家！"

然后从瓶子里放出水来，破坏了这个村
子。

Dì Shí'èr Zhāng: Línghún Zhī Jiàn

Hòu Yì guò le hěnjiǔ cái xǐng guòlái, tā fāxiàn zìjǐ yǐjīng bú zài nàge cūnzi lǐ le. Féng Méng fàng chūlái de shuǐ bǎ tā dàidào le Luò Hé biānshang.

Hòu Yì juéde fēicháng nánguò, tā xīnli xiǎng, "Wǒ yìdiǎnr yòng dōu méiyǒu, wǒ bǎohù bù liǎo rénmen." Tā yí gè rén zǒu zài Luò Hé biānshang, tiān hēi le, yèwǎn hěn ānjìng, zhǐyǒu niǎo zài jiào. Hòu Yì zhǎo le yí kuài shítou, zuò zài shítou shàng, kànzhe Luò Hé de shuǐmiàn, xīnli dǎsuànzhe zěnme cái néng shādiào Féng Méng, jiù dàjiā de shēngmìng, bǎohù dàjiā de ānquán.

Tūrán, Hòu Yì kànjiàn shuǐli yǒu yí gè guāngdiǎn zài dòng, nàge guāngdiǎn mànman fēi qǐlái, fēidào Hòu Yì pángbiān. Hòu Yì zhàn qǐlái, tā kànjiàn yí gè nánrén de yàngzi chūxiàn zài shuǐmiàn shàng, tā de shēntǐ xiàng yuèliang yíyàng

第十二章：灵魂之箭

后羿过了很久才醒过来，他发现自己已经不在那个村子里了。逢蒙放出来的水把他带到了洛河边上。

后羿觉得非常难过，他心里想，"我一点儿用都没有，我保护不了人们。"他一个人走在洛河边上，天黑了，夜晚很安静，只有鸟在叫。后羿找了一块石头，坐在石头上，看着洛河的水面，心里打算着怎么才能杀掉逢蒙，救大家的生命，保护大家的安全。

突然，后羿看见水里有一个光点在动，那个光点慢慢飞起来，飞到后羿旁边。后羿站起来，他看见一个男人的样子出现在水面上，他的身体像月亮一样

fāguāng.

Hòu Yì bú hàipà, tā wèn dào, "Nǐ shì shuí?"

Nàge rén mànman de shuō, "Wǒ shì Luòpín sǐdiào de zhàngfu, Féng Méng bǎ Luòpín guān le qǐlái, wǒ xiǎng bǎ Luòpín jiù chūlái."

Hòu Yì tīng le tā de huà, fēicháng nánguò de shuō, "Wǒ yě xīwàng zhèyàng, dàn wǒ dǎbuguò Féng Méng, méi bànfǎ jiù dàjiā."

Nàge rén diǎndian tóu, shuō, "Wǒ míngbai, wǒ bùnéng zài ràng zhè yí qiè jìxù xiàqù. Wǒ bǎ wǒ de línghún biànchéng yì zhī Línghún Zhī Jiàn gěi nǐ, nǐ zhǐyǒu yícì jīhuì, yídìng yào shèzhòng Féng Méng."

Shuō wán, nàge rén yòu biànhuí le guāngdiǎn, biànchéng yì zhī

发光。

后羿不害怕，他问到，"你是谁？"

那个人慢慢地说，"我是洛嫔死掉的丈夫，逢蒙把洛嫔关了起来，我想把洛嫔救出来。"

后羿听了他的话，非常难过地说，"我也希望这样，但我打不过逢蒙，没办法救大家。"

那个人点点头，说，"我明白，我不能再让这一切继续下去。我把我的灵魂变成一支灵魂之箭给你，你只有一次机会，一定要射中逢蒙。"

说完，那个人又变回了光点，变成一支

fāguāng de jiàn chūxiàn zài Hòu Yì shǒu shàng.

Dì'èr tiān wǎnshang, Hòu Yì yòu huídào le běibian de sēnlín lǐmiàn, tā zhàn zài shāndǐng, kànzhe yuǎnyuǎn de Féng Méng. Tā lākāi le zìjǐ de gōng, shè chūqù le nà gēn fāguāng de jiàn, Féng Méng dǎoxià le.

Rénmen shuō, nàtiān wǎnshang Luòpín kū le, yě xiào le, yīnwèi tā zhōngyú yòu jiàndào le tā de zhàngfu.

Féng Méng zài sǐ qián, gàosu le Hòu Yì yǒuguān Cháng'é bēn yuè de shìqing.

Hòu Yì zhōngyú zhīdào le Cháng'é bēn yuè de nà yí gè wǎnshang fāshēng le shénme.

Hòu Yì yìbiān tīng yìbiān liúxià le yǎnlèi, tā zhēnde hěn xiǎng Cháng'é, tā zhēnde hěn ài Cháng'é, tā xiǎng yìzhí hé Cháng'é yìqǐ shēnghuó, yìqǐ kuàilè.

发光的箭出现在<u>后羿</u>手上。

第二天晚上，<u>后羿</u>又回到了北边的森林里面，他站在山顶，看着远远的<u>逄蒙</u>。他拉开了自己的弓，射出去了那根发光的箭，<u>逄蒙</u>倒下了。

人们说，那天晚上<u>洛嫔</u>哭了，也笑了，因为她终于又见到了她的丈夫。

<u>逄蒙</u>在死前，告诉了<u>后羿</u>有关<u>嫦娥</u>奔月的事情。

<u>后羿</u>终于知道了<u>嫦娥</u>奔月的那一个晚上发生了什么。

<u>后羿</u>一边听一边流下了眼泪，他真的很想<u>嫦娥</u>，他真的很爱<u>嫦娥</u>，他想一直和<u>嫦娥</u>一起生活，一起快乐。

Zhège shìjiè yòu píngjìng xiàlái, tàiyáng zài zǎoshang měitiān chūxiàn, yuèliang zài měitiān wǎnshang fēiguò tiānshàng, Cháng'é měitiān wǎnshang dōu zài yuèliang shàng kànzhe Hòu Yì, tāmen de àiqíng gǎndòng le hěnduō hěnduō rén.

Hòu Yì de yǒnggǎn yě gàosù wǒmen yīnggāi bù hàipà zuò zìjǐ xiǎng zuò de shì.

这个世界又平静下来，太阳在早上每天出现，月亮在每天晚上飞过天上，<u>嫦娥</u>每天晚上都在月亮上看着<u>后羿</u>，他们的爱情感动了很多很多人。

<u>后羿</u>的勇敢也告诉我们应该不害怕做自己想做的事。

Hou Yi the Archer

Chapter 1: The Appearance of Ten Suns

Long ago, there was only one peaceful sun in the sky. Every morning, after bathing in the East Sea, it emerged from the water like a golden plate, driving away the cold and bringing warmth to people. The sun continued its journey westward until evening, finally descending to the western hills to sleep. On the ground, plants could grow normally, children could run by the river, birds sang in the trees, and fish swam in the ocean. One sun was neither too many nor too few, just the right size for human life on Earth. Not long after this ordinary existence, something terrible occurred.

One morning, the sun rose very early.

"Look at the sky!" A child shouted, pointing to the eastern sky.

"One, two, three ...... ten! There are ten suns in the sky!" The children screamed, and the adults ran outside to see what was going on, and they were all terrified. The light of ten suns heated the air, turned the rivers white, killed plants swiftly, and rendered the ground unfit for human life.

Humans and small animals had no choice but to abandon their homes on the surface and hide in caves to avoid the sun's rays.

"What are we going to do? Is the world about to end?" The villagers sat in the caves, terrified.

"There is too much sun, we need help!" More and more humans and animals arrived in the caves to hide from the sun, and they all said the same thing in different languages. All the voices in need of help came together and even the Jade Emperor, who was sleeping in the Celestial Palace, woke up. The Jade Emperor wondered, "Who needs help?" He sat up in his bed and gazed down from the Celestial Palace in the sky to the human world on earth. Only then did he discover what had happened. He saw that ten suns had appeared in the human world. With all ten suns in the sky, the people and animals on Earth would have no way to survive.

The Jade Emperor was very worried. He wanted to help the people and animals on Earth, but he couldn't do that now because he couldn't leave the Celestial Palace. Angrily, the Jade Emperor ordered the ten suns to return to the East China Sea, but the ten suns wouldn't listen. They flew around, playing like children, and didn't want to go home.

One sun said, "I don't want to go out alone, I want to fly

with my friends!"

Another sun responded, "Yes, it's been a long time since we've been out together and had so much fun!"

The suns did not listen to the Jade Emperor. They thought humans were small and unimportant.

So, the Jade Emperor used his power to deliver a message to humanity: "On the western mountain where the sun sleeps, there is a bow left behind by the gods called the 'Sun-Shooting Bow.' The bravest human will use it to shoot down the suns."

This message was sent to everyone's heart. Many brave men headed west, wanting to climb the western mountains to get the sacred bow and shoot down the suns to make everything cooler.

Chapter 2: The Chosen Archers

Hou Yi was the most outstanding archer among humans in his era, having previously achieved remarkable success in archery competitions. Chang'e was Hou Yi's wife, a beautiful, quiet woman with beautiful skin, loved by everyone. Feng Meng was Hou Yi's apprentice, having studied archery for a long time, hoping to one day become as skilled as Hou Yi.

Hou Yi lived in a tiny village. He was tall, thin, and always carried a bow on his back. He didn't speak much, but the old people and children in the village respected him very much.

"He is the best archer," people always said.

One day, a tiger arrived in the village. Many people were frightened and dared not go out. When Hou Yi learned of this, he took a wooden bow and arrow he had crafted and went alone to shoot the tiger. Following a lengthy preparation, he shot an arrow through the tiger's body, killing it instantly. From then on, the villagers regarded Hou Yi as their hero, believing that they would be safe with him.

Hou Yi's life was very peaceful and his wife Chang'e loved him very much.

Every morning, Chang'e would prepare a meal and say to Hou Yi, "Eat something. You have to practice archery again today."

Hou Yi nodded and said with a smile, "Your cooking is the best."

They lived in a wooden house with a large tree behind it. It was hot in the summer, so they drank tea and chatted beneath the tree. Life was simple but good.

In addition to his wife, Feng Meng, Hou Yi's apprentice, held his master in high regard. Feng Meng was young, strong, and had bright eyes. He frequently practiced archery with Hou Yi and learned many of his archery techniques.

"Master, I want to be as good as you," said Feng Meng, as he practiced until late every day.

"Take your time, don't be in a hurry," Hou Yi always remarked.

Feng Meng was still in a hurry; he always wanted to succeed sooner. He noticed that the people in the village held high regard for Hou Yi, and he hoped that one day everyone would say, "Feng Meng is everyone's hero."

That morning, it was especially hot, and everyone on the ground looked up at the sky. They saw ten suns dancing across the sky.

"No way! What is going on here?" Feng Meng said, startled.

When Hou Yi looked at the suns in the sky, his mood changed. He lowered the wooden bow in his hand and said slowly, "This is not good."

Hou Yi returned home from the mountain, where he had been practicing archery. He found Chang'e and said, "Chang'e, there are ten suns in the sky. It's going to be very hot here soon. Let's go to the cave to take shelter."

By the time the suns had finished playing and left, it was already evening. Hou Yi, Chang'e, and Feng Meng sat by the fire, surrounded by many people and animals who had died from the heat. They didn't eat much, and everyone was very quiet.

"I'm going to the Western Mountain, where there is a magic bow," Hou Yi said. "With the divine bow, I can surely shoot down the suns."

"You are going to the Western Mountain? Can you return safely?" Chang'e asked.

"I want to save everyone, but I may not be able to return," Hou Yi said softly.

"I'll go with you," Chang'e said, holding his hand.

"I'll go too!" Feng Meng spoke loudly. "I can help too."

Hou Yi looked into their eyes and nodded. Hou Yi knew in his heart that what they were about to do was extremely dangerous, but it had to be done.

Chapter 3: The Way of the Shooting Sun

It was a new day, and before dawn, Hou Yi had already woken up. He carried his homemade wooden bow and arrows and quietly walked out of his house. When Hou Yi saw the big tree behind his wooden house, he saw Chang'e waiting there with food.

"Didn't you sleep well last night?" Hou Yi asked Chang'e.

Chang'e nodded and said, "I couldn't sleep. I was afraid that you'd go to the Western Mountain by yourself."

Feng Meng also arrived. He was carrying a large bag containing food, water, and some clothing. "Master, let's go together! We can return safely if we all work together!" Feng Meng said with a smile.

Hou Yi looked at the two of them, feeling a touch of emotion. He didn't like talking, so he simply nodded and turned to gaze at the western sky.

They were heading to the Western Mountain, the most remote mountain in the world. The voice of the Jade Emperor had said that atop the mountain lay a "Sun-Shooting Bow," and only the bravest could find it and use it to shoot down the suns.

They walked for three days and three nights. During the day when the ten suns flew across the sky, they hid in mountain caves. At night when the suns left the sky, they continued on their way. On the way, they saw more and more animals and plants dying from the heat. The water in the rivers became less and less. The situation was getting worse day by day, and Hou Yi and his companions were running out of time.

Hou Yi was in front, trying to find the path as he led Chang'e and Feng Meng westward.

On the fourth day after their departure, they reached a small village. There was no water, and many people were sick. Upon entering, Hou Yi saw a child lying on the ground. His mother was wiping the sweat from his head and collecting it in a bottle.

"Are you from outside? Please give us some water," an old man asked slowly.

Chang'e took all of their water and distributed it to the villagers.

"Have you come for water?" A woman asked.

Hou Yi shook his head and said, "I'm here to look for a

magic bow. I'm heading to the Western Mountain."

The villagers' eyes widened.

"Many people have already come here seeking the magic bow and climbing that Western Mountain, but none have ever returned alive," the old man said.

"I know climbing the Western Mountain is perilous, but I have to go," Hou Yi replied. "Someone has to end this."

The old man thought for a moment and slowly said, "In that case, you should rest in the village for the night. The Western Mountain lies just to the west of the village. Another day's walk and you'll be there."

"Thank you!" Hou Yi said. "Then I'll stay and get ready to climb Western Mountain tomorrow night."

The elderly man clutched Hou Yi for a long time, unwilling to let go. In his eyes, this young man had become a hero of humanity.

That night, the villagers lit a fire and cooked the last bit of rice in the village to feed Hou Yi and the others.

"You eat, we're not hungry," a grandmother said. "Without the water you brought, we wouldn't have survived."

Hou Yi looked at the bowl of rice, picked up his chopsticks, and ate slowly. He knew in his heart that he had to succeed in climbing Western Mountain. The people had put their last hope in him.

The following day, they resumed their journey. As they approached the Western Mountain to the west of the village, the heat increased and the path grew more difficult.

The suns were laughing in the sky, and playing games like children. The sky near the Western Mountains was even bright at night.

"Are you afraid?" Chang'e asked Hou Yi gently.

"Yes, but I can't stop." Hou Yi said and continued on his way.

The Western Mountain was just ahead, and the death of the suns was growing nearer.

Chapter 4: Death of the Suns

On the evening of the fifth day after their journey, Hou Yi and his companions reached the foot of the Western Mountain.

The peak was high and the wind was strong. The suns passed by one after another, and the scorching wind blew continuously over the mountaintop, like a blaze.

In the middle of the mountain peak lay a huge stone, and Hou Yi found a cave under the stone. It was too late to think, so to avoid the hot wind at the mountaintop, Hou Yi, his wife and his apprentice leaped into the cave.

Hot winds continued to blow outside the cave, but the air inside the cave was unusually quiet, making them feel strange.

Hou Yi searched the cave with his wife and apprentice, but found nothing inside. Hou Yi was very sad. He begged the Jade Emperor, "Why did you lie to me? There is nothing on top of Western Mountain. How can I bring down the suns and save the people without a divine bow?"

Hou Yi refused to give up. He took his wooden bow and still tried to shoot at the suns.

"Give up, it's useless. A wooden bow and arrow can't hurt

the suns," Feng Meng exclaimed.

Chang'e also looked at Hou Yi with concern.

Hou Yi seemed deaf to her words. He stood at the entrance of the cave, drew his wooden bow, and slowly aimed it at the center of the sun.

A black arrow flew across the sky.

"Ah!" A loud cry arose from the sky.

One of the suns was shot and slowly fell. It transformed into a giant three-legged raven, emitting fiery light. This was what the sun really looked like.

The three-legged raven tumbled down the mountain, still on fire. After a while, its body gradually faded, and so did the flames. The temperature on the ground suddenly dropped.

Feng Meng and Chang'e were surprised. "What's going on?" they asked together.

They heard a loud voice saying, "A brave heart is the best bow and arrow for mankind, and of course it is the Sun Shooting Bow that can shoot down the suns."

Hou Yi shot eight more arrows into the centers of the other suns. Eight loud cries burst from the sky, "Ah!"

Xi He, the sun's mother, heard her children's cries and flew out from the clouds. She was dressed in red, tears streaming down her face.

"Please spare this last sun," she said to Hou Yi from her seat on the mountaintop. "I have only one child left. I will take good care of it.. And remember, if there is no sun at all, humanity cannot survive."

After giving it some thought, Hou Yi nodded his head slowly, set down his bow, gazed up at the sky, and spoke only one sentence, "Sun, now please take care of this world."

At last, the sky had only one sun. No longer soaring around, it hung gently in the sky as it made its daily departure from the East China Sea and sunk down into the Western Mountain.

The world finally calmed down again. The wind grew cooler, water began to appear again, and green plants slowly grew on the ground.

Chapter 5: The Blessed Hero

Nine suns were shot down by Hou Yi. The weather turned cooler, water appeared, the ground was no longer dry, and the air was no longer hot. People emerged from their caves again, saw green grass, heard birds singing, and everyone smiled.

On his way home, Hou Yi arrived at the village where he had rested the fourth night. The entire village was celebrating. The women gave him fruit, the children brought him flowers, and the men treated him to drinks. Everyone called him the "Sun Shooting Hero."

Feng Meng walked behind Hou Yi and was surrounded by people. He was both happy and a little uncomfortable.

"Everyone is talking about Master, and no one saw that I helped too," he thought to himself.

On Hou Yi's return, whenever he and his companions encountered a village with people, everyone welcomed him and offered him food and drink as a sign of their respect and gratitude.

The day after Hou Yi returned to his old home, a cloud appeared from the sky, and on it sat a woman dressed in beautiful clothes and a glowing body.

Someone in the crowd exclaimed, "It's the Queen Mother of the West!" and everyone sat down to show their respect.

The Queen Mother of the West was a deity in the Celestial Palace, in charge of the Elixir of Life. Her power was immense, allowing anyone to live forever and stay young. Hearing that Hou Yi had shot down nine suns to save the world, she was deeply moved by his remarkable feat and courage. So, she decided to give the Elixir of Life to Hou Yi, granting him the blessing of eternal youth.

The Queen Mother of the West descended slowly on a cloud from the sky. The trees she passed bloomed, and the air became perfumed, as if she had brought spring. She told Hou Yi, "You, with human courage, shot down the suns and saved many lives. The Jade Emperor is delighted. Let me thank you on behalf of the Celestial Palace."

Hou Yi was surprised and touched when he heard what Queen Mother West said. He said, "I just did what I was supposed to do."

The Queen Mother of the West smiled and took out a small bottle from the air. The bottle was as white as the moon and so beautiful that it made people feel peaceful just by looking at it.

The Queen Mother of the West gave the small bottle to Hou Yi.

"The Jade Emperor has asked me to thank you. I admired your bravery so much that I have decided to give you a bottle of elixir of immortality," she said. "If you take it, you'll be immortal and become a god like us, forever young."

People were astonished to hear this, and someone whispered, "Immortality? Does that mean you can live forever?"

Chang'e walked behind Hou Yi and whispered, "Do you want to become an immortal?"

Hou Yi did not respond right away. He peered at the bottle, then at the people on the ground. "Can I not drink it first?" he asked.

The Queen Mother of the West nodded slowly and added, "The elixir of immortality does more than simply allow you to live forever. It also makes you divine. It's solely for you. The elixir can only be given to you alone, no one else can consume it. Whenever you want to drink it, you can."

After saying this, she flew away on a cloud.

Hou Yi stood motionless, holding the bottle of immortality medicine in his hand and feeling turmoil in his heart. He understood that longevity was not necessarily a good thing, it also has drawbacks. He handed the bottle to Chang'e and said, "Hold it for me. I do not want to leave this world yet."

"Why don't you drink it?" Feng Meng inquired curiously.

"I want to spend more time with Chang'e and serve the people of the village. If I become a god, I might not be able to return," Hou Yi explained slowly.

Feng Meng nodded. He looked at the small bottle in Chang'e's hand, and some evil ideas began to form in his mind.

At night, many bonfires were lit in Hou Yi's village. People danced and sang, celebrating the hero's return, the cooler weather, the appearance of water, the easing of drought, the cooling of the air, and the ending of the suns' erratic movements.

Hou Yi sat by the fire, Feng Meng beside him, and Chang'e behind them prepared hot tea. Hou Yi told Chang'e that he had decided to keep the elixir of immortality hidden and only use it when absolutely necessary. This was because he realized that, while immortality granted him more time than humans, it also conferred greater responsibility. Hou Yi believed that true happiness consisted of living and being happy with others, rather than living eternally alone.

Everything seemed fine.

But beneath the peaceful firelight and the people's singing, some hearts had begun to change.

Chapter 6: The Jealous Apprentice

Hou Yi became a hero, and people came to see him every day. Some wanted him to teach their children archery, others came with rice and meat, and yet others sat at his door and called him "the lord from heaven."

Hou Yi usually smiled and explained, "I'm not a god, I'm just a man who knows how to shoot arrows."

He went about his life as usual, helping villagers restore their houses and crops during the day and drinking tea with Chang'e at night.

But Feng Meng was not the same. When Feng Meng traveled about the village, people called him "Hou Yi's apprentice." People said he was extremely good, but not quite as good as Hou Yi. And when people needed help, they turned to Hou Yi. "Hou Yi is the best hero," they often said.

"He's a hero, what am I?" Feng Meng asked himself while he practiced archery alone in the mountains.

He released arrow after arrow, each hitting the center of the tree. His technique was better than before, but his mood was even worse.

He remembered the day when the Queen Mother of the

West visited and did not even look at him.

"I also went to the Western Mountain, I also climbed and walked, why didn't I receive a blessing?" Feng Meng kept thinking.

One night, Feng Meng stood outside Hou Yi's house and saw Chang'e put the small bottle containing the elixir of immortality into a wooden box and bury it under a large tree behind Hou Yi's house.

Feng Meng was surprised that Hou Yi had not taken the elixir. He began to make plans: he would obtain the elixir and prove his worthiness to become an immortal.

The next day, he ran up to Hou Yi and said, grinning "Master, I want to go to the mountain outside the village and take a walk."

Hou Yi glanced at him and said, "Okay, a walk would be nice."

Chang'e and Hou Yi made rice and other delicacies for Feng Meng and invited him to their house for dinner. They drank and talked till midnight.

Hou Yi and Chang'e stood up and hoisted their wine cups, saying, "Feng Meng, you are leaving the village, we have so much to say, but all our feelings are in the wine." Then, with

Feng Meng, they clinked their wine cups to each other and drank all the wine.

Feng Meng said, "Thank you for always taking care of me, teaching me archery, and helping me grow. I will definitely prove my abilities and make everyone call me a hero."

That night, Feng Meng, Hou Yi and Chang'e all shed tears of emotion.

Chapter 7: Running to the Moon

Late at night, Chang'e and Hou Yi went back to their rooms to sleep.

Feng Meng believed that this was his last chance.

So Feng Meng hid outside Hou Yi's room, waiting for the lights to go out. He waited a long time until everything was quiet. Then he slowly walked to the large tree behind Hou Yi's house and began to dig in the ground, hoping to find the wooden box Chang'e had buried during the day. He wanted to obtain the elixir of immortality hidden within, to become an immortal, to prove that he, too, was a hero.

Under the big tree, Feng Meng dug a big hole with his hands and finally found the wooden box that Chang'e had hidden. He removed the wooden box and replaced the earth he had dug out. But when he turned back, he noticed Chang'e holding the wooden box he had just pulled out.

Chang'e did not like to drink. She'd drunk too much tonight and felt a little unwell. She couldn't sleep, so she went out for a walk and happened to run into Feng Meng digging under a large tree behind the wooden house. While Feng Meng was busy putting the dirt back, Chang'e slowly walked over and picked up the wooden box.

Feng Meng's mouth opened in surprise, and he said slowly, "I… I just want to see what the immortality elixir looks like."

"That's a blessing for Hou Yi, not you," said Chang'e, looking at him. She asked, "Feng Meng, you are our best friend, why are you doing this?"

"I am unhappy!" Feng Meng shouted. "I worked so hard to follow you up to the Western Mountain. I even reached the top of the mountain. Why is the blessing of immortality only given to Hou Yi? You have all forgotten my efforts!"

Chang'e teared up as she looked up at him.

"You have changed. You'll make your master sad and disappoint the people of the village," she said sadly.

Feng Meng didn't want to give up. As if he couldn't hear, he looked at the wooden box in Chang'e's hand and said, "Give me the elixir of immortality!"

"Hou Yi! Save me!" Chang'e cried out, terrified. But Hou Yi had drunk too much wine and was still sleeping. Chang'e knew she couldn't defeat Feng Meng, who was young and strong. She looked at the wooden box in her hand and made a daring decision.

She opened the wooden box and took out the elixir of immortality. She threw the box at Feng Meng, then she opened the small bottle, which was as white as the moon, and drank the contents of the bottle.

"Is this the blessing of immortality?" Chang'e thought. She drank it so quickly that she didn't have time to see what the immortality elixir looked like or what it tasted like.

"What have you done?!" Feng Meng shouted.

"I can't let you take it. Only if I drink it myself can I keep the elixir of immortality out of your hands." After Chang'e said this, she felt her body getting lighter and lighter, and her feet left the ground.

She steadily flew up, out of the village and into the sky, further and further from the human world. Passing through the clouds, she saw countless stars. She arrived at a vast place with a glowing gate and a flower-lined path.

A woman dressed in beautiful clothes, her body luminous, emerged. "Welcome to the Celestial Palace, Chang'e," she said.

"Queen Mother of the West, I'm not qualified to be a goddess. The suns were shot down by Hou Yi, not me," Chang'e said anxiously.

The Queen Mother of the West responded, "We all witnessed what happened tonight. Everyone is very sad about this."

Then she hugged Chang'e and said, "But your bravery has also shown that you are worthy of becoming a god. This is your fate, Chang'e."

Even after hearing what the Queen Mother said, Chang'e felt deeply sad. She missed Hou Yi dearly and wished to be with him forever.

The Queen Mother of the West felt sorry for Chang'e, so she said, "Although you can no longer return to the human world, I can let you choose a job you like in the Celestial Palace."

Chang'e thought for a while and said, "Then I hope to live on the moon, so I can see Hou Yi every night. I really love him."

The Queen Mother of the West was moved. She believed that Chang'e and Hou Yi's love would bring them happiness whether they were humans or immortals. However, there was only one elixir of immortality, and the Queen Mother of the West could do nothing to help Chang'e. She could only let Chang'e travel to the moon and reside in the Moon Palace. It was cold and quiet there, and no immortal but Chang'e was willing to go there.

Chang'e planted many large trees on the Moon, similar to

those in Hou Yi's home. Every night when the Moon came over the human world, she would sit among the trees and watch Hou Yi's life in the human world.

Chapter 8: Heartbreak

Hou Yi drank too much wine and fell asleep, unaware of what had happened that night.

The next afternoon he woke up and realized that Chang'e was not next to him.

"Chang'e! Chang'e! Where are you!" Hou Yi called out, looking for Chang'e everywhere in the house.

Time passed like this. One year, two years... Chang'e never returned. Hou Yi searched many places during those two years. By the river where he and Chang'e had first met, in the forest where they were married, to the summit of Western Mountain, where they had climbed together. He could not find Chang'e anywhere.

"Why did she leave? Why did she leave me?" Hou Yi asked himself, "Why didn't she tell me? What did I do wrong?"

Hou Yi was deeply sad. One night, after a long walk, he came to a forest. He found a small cave and sat down to rest. The forest was beautiful at night, but he didn't want to look at anything. He felt only sadness, pain, and emptiness in his heart.

Late that night, Hou Yi lay in the cave, unable to sleep. He thought of Chang'e's smile, the food and tea she cooked.

Every time Chang'e looked at him and smiled, he felt happy and blessed.

"Why did she leave?" Hou Yi asked himself again in his heart.

He thought that if he had cared more for Chang'e and taken better care of her, she might not have left him.

But now Chang'e was gone, and he had nothing left.

He felt hollow within, as if he'd lost the most essential thing in his life.

Hou Yi opened his eyes, and tears streamed down his face.

The next day, Hou Yi continued walking. He didn't know where he was going, but he simply wanted to leave this sad place and forget everything.

He crossed mountains, rivers, and several villages. Everyone who saw Hou Yi knew he was the hero who shot down the suns, but no one knew how sad he was now.

Chapter 9: The Wandering Hero

Months passed, and Hou Yi traveled to many places and helped many people, but he still couldn't find the answer. He helped people in the mountains repair houses, save the sick, repair bridges, and protect animals. He did many good things. But no matter what he did, he often felt pain and emptiness in his heart.

He knew he couldn't return to his previous life. Without Chang'e, there was no peace or joy for him.

"Maybe I should keep going," Hou Yi said to himself. "I can't stop here. There are still many people who need my help, and I still have responsibilities to fulfill."

Time passed slowly, and one day Hou Yi arrived at a village on the banks of the Luo River. This village was unlike the peaceful places he had visited before. The villagers looked nervous and frightened. No smiles appeared on their faces, and they walked with their heads down.

Hou Yi approached an old man, who asked, "Are you Hou Yi, the sun-shooting hero?"

Hou Yi replied, "Yes. This village is strange, why do you all look so scared?"

The old man responded, "A Luo River water spirit used to

live in the Luo River near our village. We called her Luo Pin. About two and a half years ago, a bandit arrived and shot Luo Pin's husband. Luo Pin's power came from her emotions. When she was grieving her husband's death, she lost power, and so the bandit captured her. Now that he has Luo Pin's bottle, he can use her power. We can't defeat him. Please help us!"

Hou Yi was furious. He decided to assist everyone and take care of the bandit. So Hou Yi stayed at the old man's house and began looking for the bandit the old man had mentioned along the Luo River.

Chapter 10: More Destruction

Hou Yi didn't know where the bandit was. There were many different villages along the Luo River, and Hou Yi couldn't find him right away.

One day, Hou Yi arrived at a new village. This village was quiet, few people could be seen, and many houses were broken down. Hou Yi entered the village and saw some old people and children sitting under a tree. He walked over and asked, "What happened here? Why are the houses broken?"

An old said sadly, "A bad man came. He had a strange bottle. The bottle could pour out a lot of water, like a river. He flooded our village with water. Many people died only a few of us are left."

Hou Yi stared at them with sadness and inquired, "Who is this evil man? Where is he now?"

The old man thought for a moment before saying, "We're not sure. He rarely stays in one place. But a child just saw him going to the forest in the north."

Hou Yi nodded and said, "Okay, I'll go to the village in the north to check it out. You must take care of yourselves and live on."

Hou Yi left the area and moved north. He traveled for two

days. When he reached the road, he saw fallen trees, a village destroyed by floodwaters, and people lying on the ground, killed by the water. He felt sad. He knew the evildoer was still doing evil. He knew he had to find him. He knew he had to kill him to save everyone's lives.

Hou Yi went north for three more days. In the northern forest he discovered a village that had not yet been destroyed by water. Stunned, he ran over and asked the village elders, "Has anyone with a strange bottle ever been here?"

The old man's response surprised Hou Yi. "Yes, a few days ago, a man arrived at our village carrying an unusual bottle. He claimed to be a god from heaven who could grant us happiness. But if we didn't listen to him, he'd come next week and drown us all. We believed he was joking, so we all laughed." Hou Yi knew that he had found it.

Chapter 11: Old Friends

Soon, the time agreed upon by the man with the bottle and the villagers arrived. Hou Yi had been staying in the village, waiting for this day.

That morning, people had just woken up when a voice rang out in the village, "The time has come! Don't you all still believe that I am a god?"

Everyone came out to see, and Hou Yi followed. He was surprised to find that he recognized this man who was going around destroying the world with water.

"It's Feng Meng!" Hou Yi asked himself. "Why is he doing this?"

Feng Meng was about to tip the bottle in his hand upside down and release a large amount of water, destroying the town and killing everyone.

Hou Yi suddenly shouted, "Feng Meng! Don't do this! Why are you ruining people's lives?"

Feng Meng looked in the direction of the voice, shocked. "Hou Yi! Why are you here? What I do is none of your business!"

Hou Yi was enraged. He said, "You have killed so many

people, and today I will end it all!" He raised his bow and shot a burning arrow. After shooting down the sun on Western Mountain, Hou Yi already had the ability to use the Sun-Shooting Bow, and he could use a simple wooden bow to shoot out arrows with great fire and light.

Feng Meng used the bottle to release water to destroy the arrow, then he laughed and shouted, "I have locked the Luo River Water Spirit inside this bottle. I can use her power to release a huge river to destroy everything. You can't beat me! Now I am more powerful than you, Hou Yi!"

Then Feng Meng took out his own bow, the one he'd used when Hou Yi had taught him archery. He drew his bow and shot a water arrow—a bolt he'd made from the water in Luo Pin's jar—at Hou Yi. Feng Meng's archery skill was excellent, and he pierced Hou Yi's left leg with a single strike. Hou Yi lay on the ground, too weak to stand.

Feng Meng said to him, "Are you our hero? What good are you? You cannot protect us!"

Then he poured water from the bottle and devastated the village.

Chapter 12: Arrow of the Soul

Hou Yi woke up after a long time, and he realized that he was no longer in that village. The water released by Feng Meng had carried him to the banks of the Luo River.

Hou Yi felt sad. He thought, "I am useless. I can't protect anyone." He wandered alone by the Luo River. It was dark and the night was quiet, only birds were chirping. Hou Yi found a large rock and sat on it, gazing at the surface of the Luo River, pondering how he could kill Feng Meng, save everyone's lives, and keep them safe.

Suddenly, Hou Yi saw a light moving in the river. The light gently rose and flew to Hou Yi's side. Hou Yi stood up and saw a man on the water. His body was as bright as the moon.

Hou Yi wasn't afraid. He asked, "Who are you?"

The man said, "I am Luo Pin's deceased husband. Feng Meng has imprisoned Luo Pin, and I want to save her."

Hou Yi listened to him and said sadly, "I wish that too, but I can't beat Feng Meng and I have no way to save everyone."

The man nodded and said, "I understand. I can't let this go on anymore. I will transform my soul into a Soul Arrow and deliver it to you. You only have one chance to shoot Feng Meng."

After saying that, the man turned back into a point of light and appeared in Hou Yi's hand as a glowing arrow.

The next night, Hou Yi returned to the northern forest. He stood on top of the mountain and observed Feng Meng from a distance. He drew his bow and shot the Soul Arrow, causing Feng Meng to fall.

People say that night, Luo Pin cried and laughed, for she had finally seen her husband again.

Before Feng Meng died, he told Hou Yi about Chang'e's journey to the moon. Finally, Hou Yi knew what happened the night that Chang'e flew to the moon.

Hou Yi finally understood what had happened that night.

Hou Yi wept as he listened. He truly missed Chang'e. He truly loved her. He wanted to live with her forever, sharing her joy.

The world returned to peace. The sun rose every morning, the moon flew across the sky every evening, and Chang'e watched Hou Yi from the moon every night. Their love touched many people.

Hou Yi's bravery also tells us that we should not be afraid to do what we want to do.

Glossary

These are all the Chinese words, other than proper nouns, used in this book.

Chinese	Pinyin	English
啊	à	ah, oh, what
爱(情)	ài (qíng)	love
安静	ānjìng	quiet, peaceful
安全	ānquán	safety
吧	ba	(indicates assumption or suggestion)
把	bǎ	(measure word for gripped objects)
八	bā	eight
白(色)	bái (sè)	white
白天	báitiān	day, daytime
半	bàn	half
办法	bànfǎ	method
帮(忙)	bāng (máng)	to help
帮(助)	bāng (zhù)	to help
半夜	bànyè	midnight
抱	bào	hug
包	bāo	bag, to wrap
保护	bǎohù	to protect
把手	bǎshǒu	handle
背	bèi	back
被	bèi	(particle before passive verb)
北	běi	north

杯(子)	bēi (zi)	cup
奔	bēn	to run
比	bǐ	compared to, than
变(成)	biàn (chéng)	to change, to become
边	biān	side
表达	biǎodá	expression
表示	biǎoshì	to indicate
别	bié	do not, other
并	bìng	and
病	bìng	sick, illness
比赛	bǐsài	game
必须	bìxū	must
不	bù	no, not, do not
不了	bù le	no more
不想	bùxiǎng	in no mood
擦	cā	to wipe
才	cái	only
菜	cài	dish
才(能)	cái (néng)	can only, talent
藏	cáng	to hide
茶	chá	tea
常	cháng	often
唱(歌)	chàng (gē)	to sing
长生不老	chángshēng bùlǎo	immortality (long life no die)
超过	chāoguò	more than
成(为)	chéng (wéi)	to become
成功	chénggōng	success

成绩	chéngjì	achievement
成长	chéngzhǎng	to grow up, growing up
吃(饭)	chī (fàn)	to eat
吃惊	chījīng	to be surprised
重新	chóngxīn	again
出	chū	out
出现	chūxiàn	to appear
传	chuán	to pass on, to transmit
穿(着)	chuān (zhe)	to wear
床	chuáng	bed
出发	chūfā	to set off
吹	chuī	to blow
春(天)	chūn (tiān)	spring
从	cóng	from
村民	cūnmín	villager
村子	cūnzi	village
错	cuò	wrong
大	dà	big
答案	dá'àn	answer
大概	dàgài	probably
带	dài	to carry, to lead, to bring
代表	dàibiǎo	to represent
大家	dàjiā	everyone
打开	dǎkāi	to turn on, to open
但(是)	dàn (shì)	but
当	dāng	when
当然	dāngrán	of course

担心	dānxīn	to worry
倒	dào	to pour
到	dào	to arrive, towards
道	dào	path, way, Dao, to say, (measure word for lines, orders)
倒	dǎo	to fall
到处	dàochù	everywhere
大人	dàren	address adult male respectfully
大声	dàshēng	loud
打算	dǎsuàn	intend
地	de	(adverbial particle)
的	de	of
得	de	(particle showing degree or possibility)
的话	de huà	if, words
等	děng	to wait
灯	dēng	lamp
第	dì	(prefix before a number)
低	dī	low
点	diǎn	point, hour
点(点)头	diǎn (dian) tóu	to nod
掉	diào	to fall, to drop, to lose
地方	dìfāng	place
地面	dìmiàn	ground
顶	dǐng	top
丢	diū	to throw
动	dòng	to move
洞	dòng	cave, hole

东(部)	dōng (bù)	east
动物	dòngwù	animal
东西	dōngxi	thing
都(会)	dōu (huì)	all will
对	duì	correct, towards someone
堆	duī	heap, (measure word for piles, problems, clothing)
朵	duǒ	(measure word for flowers and clouds)
多	duō	many
躲避	duǒbì	to avoid
多久	duōjiǔ	how long
多么	duōme	how
饿	è	hungry
二	èr	two
而(且)	ér (qiě)	and
而是	ér shì	instead
发(出)	fā (chū)	to send, to issue
发光	fāguāng	to glow
饭	fàn	cooked rice, a meal
放	fàng	to put, to let out
方	fāng	square, direction, a group of people
房(子)	fáng (zi)	house, room
房间	fángjiān	room
放弃	fàngqì	to give up, surrender
放下	fàngxià	to lay down
方向	fāngxiàng	direction
发生	fāshēng	to occur

发送	fāsòng	send
发现	fāxiàn	to find out
飞(行)	fēi (xíng)	to fly, flying
非常	fēicháng	very
份	fèn	(measure word for documents, meals, jobs)
风	fēng	wind
附近	fùjìn	nearby
干	gān	dry
敢	gǎn	to dare
赶	gǎn	to chase away
感(到)	gǎn (dào)	to feel
感动	gǎndòng	moving
刚(才)	gāng (cái)	just, just a moment ago
感觉	gǎnjué	to feel
赶路	gǎnlù	on the road
感情	gǎnqíng	emotion
感谢	gǎnxiè	to thank
高	gāo	tall, high
告诉	gàosu	to tell
高兴	gāoxìng	happy
个	gè	(measure word, generic)
歌	gē	song
给	gěi	to give
根	gēn	root, (measure word for long thin things)
跟(着)	gēn (zhe)	with, to follow
更	gèng	more

各自	gèzì	stature
弓	gōng	bow (for arrows)
弓箭手	gōngjiànshǒu	archer
共同	gòngtóng	common
工作	gōngzuò	work, job
够	gòu	enough
挂	guà	to hang, to call
管	guǎn	tube, to control, to manage
关	guān	to turn off, to close, to lock up
光	guāng	light
管理	guǎnlǐ	to manage
关心	guānxīn	concern
过	guò	to pass, (after verb to indicate past tense)
故事	gùshi	story
还	hái	still, also
孩(子)	hái (zi)	child
海面	hǎimiàn	sea level
害怕	hàipà	fear, scared
还是	háishi	still is
海洋	hǎiyáng	ocean
汗	hàn	sweat
喊(叫)	hǎn (jiào)	to call, to shout
好	hǎo	good, very
好处	hǎochù	benefit
好像	hǎoxiàng	to like
合	hé	to combine, to join
和	hé	and, with

河	hé	river
喝	hē	to drink
黑(色)	hēi (sè)	black
很	hěn	very
盒子	hézi	box
红(色)	hóng (sè)	red
后	hòu	after, back, behind
花(朵)	huā (duǒ)	flowers
坏	huài	bad, broken
欢迎	huānyíng	welcome
回	huí	to return
会	huì	will, to be able to
回答	huídá	to reply
火	huǒ	fire
活(着)	huó (zhe)	alive
或(者)	huò (zhě)	or
火箭	huǒjiàn	arrow
互相	hùxiāng	each other
几	jǐ	several
家	jiā	family, home
件	jiàn	(measure word for clothing, matters)
箭	jiàn	arrow
间	jiān	(measure word for room)
见(面)	jiàn (miàn)	to see, to meet
检查	jiǎnchá	to inspect, examination
坚持	jiānchí	to insist
简单	jiǎndān	simple

将	jiāng	shall
叫	jiào	to call, to yell
脚	jiǎo	foot
交	jiāo	to hand in
教(会)	jiāo (huì)	to teach
嫉妒	jídù	jealous
界	jiè	boundary
结婚	jiéhūn	to marry
解决	jiějué	to solve, settle, resolve
结束	jiéshù	end, finish
机会	jīhuì	opportunity
近	jìn	close
进	jìn	to advance, to enter
仅	jǐn	only
金(色)	jīn (sè)	golden
今晚	jīn wǎn	this, these
静	jìng	quiet
经常	jīngcháng	often
经过	jīngguò	after, through
精灵	jīnglíng	spirit, genie
竟然	jìngrán	it turns out
今天	jīntiān	today
紧张	jǐnzhāng	nervous, tension
既然	jìrán	now that
技术	jìshù	skill, ability
就	jiù	just, right now
救	jiù	to save, to rescue

久	jiǔ	long
九	jiǔ	nine
酒	jiǔ	wine, liquor
救世	jiù shì	salvation
继续	jìxù	to continue
巨(大)	jù (dà)	huge
举(起)	jǔ (qǐ)	to lift
觉得	juéde	to feel
决定	juédìng	to decide
开	kāi	open
开始	kāishǐ	to begin
开玩笑	kāiwánxiào	to make a joke
开心	kāixīn	happy
看	kàn	to look
看不见	kàn bu jiàn	look but can't see
看起来	kànqǐlai	it looks like
靠近	kàojìn	near
棵	kē	(measure word for trees, vegetables, some fruits)
颗	kē	(measure word for small objects)
可怜	kělián	pathetic
可是	kěshì	but
可以	kěyǐ	can
空(气)	kōng (qì)	air, void, emptiness
口	kǒu	mouth, (measure word for people in villages, families)
哭	kū	to cry
快	kuài	fast

块	kuài	(measure word for chunks, pieces)
快乐	kuàilè	happy
筷子	kuàizi	chopsticks
拉	lā	to pull
来	lái	to come
来不及	láibují	too late
来自	láizì	from
老	lǎo	old
老虎	lǎohǔ	tiger
了	le	(indicates completion)
冷	lěng	cold
离	lí	away from, to leave
里	lǐ	inside, Chinese mile
连	lián	even, to connect
脸	liǎn	face
练(习)	liàn(xí)	to practice
凉(快)	liáng (kuài)	cool
亮	liàng	bright
两	liǎng	two
聊(天)	liáo (tiān)	to chat
厉害	lìhai	powerful, impressive
离开	líkāi	to leave
力量	lìliàng	strength
另(外)	lìng (wài)	other, another, in addition
灵魂	línghún	soul
力气	lìqi	strength
流	liú	to flow

留	liú	to keep
六	liù	six
流浪	liúlàng	to wander
路	lù	road
绿(色)	lǜ (sè)	green
乱	luàn	chaotic, messy, confused
吗	ma	(indicates a question)
埋	mái	to bury
妈妈	mā	mother
慢	màn	slow
马上	mǎshàng	immediately
没	méi	no, not have
每	měi	every
美(丽)	měi (lì)	beautiful
们	men	(indicates plural)
门	mén	door
米	mǐ	rice
面	miàn	side, surface, noodles, face, (measure word for flat things)
米饭	mǐfàn	cooked rice
明白	míngbai	to understand, clear
明天	míngtiān	tomorrow
木(头)	mù (tou)	wood
母亲	mǔqīn	mother
拿	ná	to take
那	nà	that
拿(起来)	ná (qǐlái)	to pick up
拿走	ná zǒu	take away

哪儿	nǎr	where?
奶奶	nǎinai	grandma
那里	nàlǐ	there
哪里	nǎlǐ	where
那么	nàme	so then
难	nán	difficult, rare
男	nán	male
难过	nánguò	to be sad or sorry
呢	ne	(indicates question)
能	néng	can
能力	nénglì	ability
你	nǐ	you
年	nián	year
年轻	niánqīng	young
鸟	niǎo	bird
女	nǚ	female
暖(和)	nuǎn (huo)	warm
努力	nǔlì	work hard
爬	pá	to climb
怕	pà	afraid
盘(子)	pán (zi)	plate, tray
旁(边)	páng (biān)	beside
跑	pǎo	to run
陪	péi	to accompany
碰	pèng	to touch
朋友	péngyou	friend
片	piàn	(measure word for flat objects)

骗(术)	piàn (shù)	to trick, to cheat
漂亮	piàoliang	beautiful
皮肤	pífū	human skin
瓶(子)	píng (zi)	bottle
平静	píngjìng	calm
破坏	pòhuài	to destroy
起	qǐ	from, up
七	qī	seven
前	qián	in front, before, side
桥	qiáo	bridge
起床	qǐchuáng	to get out of bed
奇怪	qíguài	strange
起火	qǐhuǒ	outbreak of fire
起来	qǐlái	(after verb, indicates start of an action)
请	qǐng	please
轻	qīng	light
清(楚)	qīng (chǔ)	clear
轻轻	qīngqīng	gently
情况	qíngkuàng	situation
庆祝	qìngzhù	to celebrate
其实	qíshí	in fact
其他	qítā	other
妻子	qīzi	wife
去	qù	to go
取	qǔ	to take
全	quán	complete
却	què	but

让	ràng	to let, to cause
然后	ránhòu	then
热	rè	heat
人	rén	person, people
仍然	réngrán	still, yet
任何	rènhé	any
人类	rénlèi	mankind
人群	rénqún	crowd
认识	rènshi	to understand
认为	rènwéi	to believe
日(子)	rì (zi)	day, days of life
肉	ròu	meat, flesh
如果	rúguǒ	if
三	sān	three
森林	sēnlín	forest
杀	shā	to kill
山	shān	mountain
上	shàng	on, up
伤(害)	shāng (hài)	hurt
伤心	shāngxīn	sad
山脚	shānjiǎo	foot
少	shǎo	less
射	shè	to shoot
射箭	shèjiàn	archery
深	shēn	late, deep
身(体)	shēn (tǐ)	body
神(仙)	shén (xiān)	spirit, god

生(活)	shēng (huó)	life
剩(下)	shèng (xià)	to remain, rest of
声(音)	shēng (yīn)	sound
生病	shēngbìng	sick
生命	shēngmìng	life
生气	shēngqì	anger
什么	shénme	what
什么时候	shénme shíhou	when
什么样	shénme yàng	what
十	shí	ten
是	shì	is, yes
师(父)	shī (fu)	master
适(合)	shì (hé)	suitable, a good fit
时(候)	shí (hou)	time, moment, period
事(情)	shì (qing)	thing
石(头)	shí (tou)	stone
时间	shíjiān	time, period
世界	shìjiè	world
失去	shīqù	to lose
失望	shīwàng	disappointed
瘦	shòu	thin
手	shǒu	hand
受到	shòudào	to receive, to suffer
收集	shōují	to gather
树(木)	shù (mù)	tree
舒服	shūfu	comfortable
谁	shuí	who

水	shuǐ	water
睡(觉)	shuì (jiào)	to sleep
睡醒	shuì xǐng	wake up
水果	shuǐguǒ	fruit
说(话)	shuō (huà)	to say
四	sì	four
死	sǐ	to die
送(给)	sòng (gěi)	to give a gift
松开	sōng kāi	to release
碎	suì	to break up
虽然	suīrán	although
所以	suǒyǐ	so
所有	suǒyǒu	all
他	tā	he, him
她	tā	she, her
它	tā	it
太	tài	too
抬头	táitóu	to look up
太阳	tàiyáng	sunlight
躺	tǎng	to lie down
特别	tèbié	special
疼	téng	pain
天	tiān	day, sky
天宫	tiāngōng	palace of heaven
天亮	tiānliàng	dawn
天气	tiānqì	weather
天上	tiānshàng	heaven

条	tiáo	(measure word for narrow, flexible things)
跳	tiào	to jump
跳舞	tiàowǔ	to dance
听	tīng	to listen
停(止)	tíng (zhǐ)	to stop
听说	tīngshuō	it is said that
听见	tīngjiàn	to hear
痛(苦)	tòng (kǔ)	pain, suffering
头	tóu	head, (measure word for animal with big head)
土	tǔ	dirt, earth
徒弟	túdì	apprentice
腿	tuǐ	leg
突然	tūrán	suddenly
挖	wā	to dig
外	wài	outside
完	wán	finished
玩	wán	to play
晚	wǎn	late, night
碗	wǎn	bowl
完成	wánchéng	to complete
往	wǎng	to
忘(记)	wàng (jì)	to forget
往前	wǎng qián	forward
为	wèi	for
位	wèi	place, (measure word for people, polite)
围(住)	wéi (zhù)	to encircle, to surround

味道	wèidào	taste, smell
为什么	wèishénme	why
危险	wēixiǎn	danger
问	wèn	to ask
温度	wēndù	temperature
我	wǒ	I, me
无论	wúlùn	regardless
乌鸦	wūyā	crow
西	xī	west
下	xià	down, under
吓	xià	to scare
夏(天)	xià (tiān)	summer
先	xiān	first
像	xiàng	like, to resemble, statue
向	xiàng	toward
响	xiǎng	loud
想	xiǎng	to want, to miss, to think of
香(火)	xiāng (huǒ)	incense, fragrant
想要	xiǎng yào	would like to
想起	xiǎngqǐ	to recall
享受	xiǎngshòu	to enjoy
相同	xiāngtóng	the same
相信	xiāngxìn	to believe, to trust
现在	xiànzài	just now
笑	xiào	to laugh
小	xiǎo	small
小声	xiǎoshēng	whisper

消息	xiāoxi	news
下午	xiàwǔ	afternoon
谢(谢)	xiè (xie)	to thank
喜欢	xǐhuān	to like
心	xīn	heart/mind
新	xīn	new
星	xīng	star
心碎	xīn suì	heartbroken
醒(来)	xǐng (lái)	to wake up
幸福	xìngfú	happy
辛苦	xīnkǔ	to work hard
心情	xīnqíng	mood
秀	xiù	to show
修理	xiūlǐ	to repair
休息	xiūxi	to rest
希望	xīwàng	to hope
洗澡	xǐzǎo	to bathe
选(择)	xuǎn (zé)	to select, to choose
许多	xǔduō	many
学(习)	xué (xí)	to learn
需要	xūyào	to need
眼(睛)	yǎn (jing)	eye
阳光	yángguāng	sunlight
样子	yàngzi	to look like, appearance
眼泪	yǎnlèi	tears
药	yào	medicine
要	yào	to want

摇头	yáotóu	shake one's head
夜(晚)	yè(wǎn)	night
也	yě	also
也许	yěxǔ	maybe, not sure
一	yī	one
衣(服)	yī (fu)	clothes
意(思)	yì (si)	meaning
一会	yíhuì	for a while
一定	yídìng	must
一个人	yí gè rén	alone
以后	yǐhòu	after
一会儿	yíhuìr	a while
已经	yǐjīng	already
应该	yīnggāi	should
英雄	yīngxióng	hero
因为	yīnwèi	because
一起	yìqǐ	together
以前	yǐqián	before
一切	yíqiè	everything
一样	yíyàng	the same
一直	yìzhí	always, continuously
用	yòng	to use
勇敢	yǒnggǎn	brave
永远	yǒngyuǎn	forever
又	yòu	again, also
有	yǒu	to have
游(泳)	yóu (yǒng)	to swim, to tour

有关	yǒuguān	related to
游戏	yóuxì	game
有些	yǒuxiē	some
优秀	yōuxiù	best
鱼	yú	fish
与	yǔ	and, with
远	yuǎn	far
愿(意)	yuàn (yì)	willing
原来	yuánlái	turn out to be, original
越	yuè	more
月(亮)	yuè (liang)	month, moon
遇见	yùjiàn	to meet
云	yún	cloud
于是	yúshì	then
语言	yǔyán	language
再	zài	again
在	zài	in, at
早	zǎo	early
早上	zǎoshang	morning
怎么	zěnme	how
怎么办	zěnme bàn	what to do
责任	zérèn	responsibility
站	zhàn	to stand
长	zhǎng	to grow
张	zhāng	open, (measure word for pages, flat objects)
章	zhāng	chapter
长满	zhǎngmǎn	overgrown

丈夫	zhàngfu	husband
找	zhǎo	to search for
照顾	zhàogù	to take care of
着急	zháojí	in a hurry, worried
着	zhe	(indicates action in progress)
这	zhè	this
这么	zhème	so
真	zhēn	true, real
整	zhěng	all, entire
正要	zhèng yào	about to
正常	zhèngcháng	normal
正好	zhènghǎo	just right
证明	zhèngmíng	prove
真正	zhēnzhèng	real
这样	zhèyàng	such
只	zhī	(measure word for animals)
只	zhǐ	only
指	zhǐ	finger, to point at, to name
之	zhī	of
支	zhī	branch
知道	zhīdào	to know
植物	zhíwù	plant
只要	zhǐyào	as long as
种	zhòng	to plant, (measure word for kinds of creatures, things, plants)
中	zhōng	in, middle
种地	zhòngdì	farming
重要	zhòngyào	important

终于	zhōngyú	at last
周围	zhōuwéi	around
住	zhù	to live, to hold, (verb complement)
转(动)	zhuǎn (dòng)	to spin, to turn around
祝福	zhùfú	blessing
准备	zhǔnbèi	to prepare
主意	zhǔyì	idea, plan, decision
资格	zīgé	qualification
自己	zìjǐ	oneself
总(是)	zǒng (shì)	always
走	zǒu	to go, to walk
走进	zǒu jìn	to approach
走路	zǒulù	to walk down a road
最	zuì	most
嘴(巴)	zuǐ (ba)	mouth
最优	zuì yōu	optimal
最远	zuì yuǎn	farthest
最后	zuìhòu	at last
最近	zuìjìn	recently
尊重	zūnzhòng	to respect
做	zuò	to do
坐	zuò	to sit
座	zuò	seat, (measure word for mountains, temples, big houses)
左	zuǒ	left (direction)
昨晚	zuó wǎn	last night

About the Author

Fang Yinping (方阴平) is an expert in traditional Chinese culture and a martial artist. Currently, he is committed to bridging the gap between Chinese culture and the Western world, eliminating misunderstanding and hatred, and conveying literature and peace. He is now traveling in mainland China, collecting materials for the restoration of ancient Chinese weapons, while also gathering and compiling mythological legends from various regions.

www.ingramcontent.com/pod-product-compliance
Lightning Source LLC
Chambersburg PA
CBHW072133300726
48975CB00003B/1047